JN195383

J・M・クッツェー　命をめぐる思索

J・M・クッツェー
John Maxwell Coetzee
命をめぐる思索

『夷狄を待ちながら』から『恥辱』へ

川村由美

水声社

目次

第二章　過去から現在──生と死のパターン……43

第三章　現在──父娘のパターン……77

【凡例】

訳について

・英語文献の翻訳は主に筆者によるものだが、そうでない場合には本文、もしくは注で訳者名を明らかにしている。
・クッツェー作品を含め、作品タイトルについては、既訳がある場合にはそのタイトルを用いている（ただしクッツェーの *Foe* についてはそのまま『フォー』とした）。またクッツェーの書籍については、そのタイトルが本文において初出のとき、原題と出版年を提示している。

引用について

・本文の出典表示、引用文献リストの表記方法については、ＭＬＡ方式（ハンドブック第九版、二〇二一年）を参考にしている。
・ハリー・ランサム・センター所蔵のクッツェーの資料については、本文の出典表示と引用文献リストにおいて、『夷狄を待ちながら』の創作ノート二冊は ***WFB*** **NB1** および **NB2**、『恥辱』の創作ノート四冊は ***Disgrace*** **NB1** から **NB4**、草稿は ***Disgrace*** **PD** で表している。また本文中の出典表示においては原文に記された日付を併記している（日付が不明な場合は引用元ページに記された整理番号を併記）。また文献リストにおいては、ハリー・ランサム・センター指定の表記法を優先している。なお未出版の資料については **MS** と記した。
・引用文献リストにおける英語／英訳文献については、邦訳が存在する場合、その邦訳の本書における引用の有無にかかわらず、各文献のあとにその邦訳の書誌情報を示している（ただし『老子』については邦訳のあとに英訳を配置）。
・引用部の頁数は、日本語文献からの引用の場合、漢数字で示している。アラビア数字は原書の頁を表している。

表記について

・筆者の注記や補足は〔 〕で示している。
・引用部における〔……〕および〔…〕は、筆者による省略を示している。
・原文のイタリックは、原則として傍点を付して表している。
・筆者が傍点、もしくは下線を付加した場合には、「強調は筆者」などと記している。
・「 」内にさらに「 」が含まれるとき、これを『 』にしない。『 』は書籍のタイトルを示すときに用いている。
・会話文を引用する場合には「 」を付して提示するが、会話文の途中から引用する場合でも冒頭に省略記号を用いない。

はじめに

本書は、南アフリカ出身の白人作家ジョン・マクスウェル・クッツェー（John Maxwell Coetzee, 1940-）の作品から『夷狄《いてき》を待ちながら』（*Waiting for the Barbarians*, 1980）と『恥辱』（*Disgrace*, 1999）を取り上げ、著者の思索を追う。二〇〇三年のノーベル文学賞は「非常に多くの形で、アウトサイダーの驚くべき関わりを描く」という評のもとにクッツェーに授与された。ここで「アウトサイダー」とは他者性を指し示す語であるだろう。たしかにクッツェーの作品はさまざまな「他者」との関わりを問題にしている。しかも作品の多くは抑圧者の視点において語られ、他者に対する暴力の根源を自らのなかに掘り起こそうとする内省的な姿勢が見出される。こうした点はいうまでもなく、南アフリカの特にアパルトヘイト時代を白人として——すなわち抑圧者の一員として——生きたクッツェーの半生に起因しているだろう。結果的に彼の作品は常に倫理と向き合うことになる。

本書もまたクッツェー作品が示す他者の問題に関わっている。本書の特徴の一つは一定の先行研究に注目するよりも、クッツェーの創作ノートの精読に基礎を置いている点だ。[1] この作業によりまず、『夷狄を待ちながら』と『恥辱』の二作間に続編的な関係性を導き出している。その上で『恥辱』の〝今〟を「現在」と位置づけ、過去から未来への展望に至るクッツェーの思索を仔細に追いながら、彼が繰り返し何を思索の対象とし、それを作品のなかにどう表しているのかを探求している。このように彼の思索を追うことで見えてくるのは、その思索が一つの核をめぐっているということだ。その核とは「命」である。したがって生と死という、最も根源的かつ普遍的なテーマをクッツェーもまた踏襲している。ただし「他者の命」に重点が置かれる点が、クッツェーをクッツェーたらしめるものだろう。しかもその他者の命は、自らの生とのせめぎ合いのなかに置かれもする。

他者の命とはいかにも抽象的である。それは読み手に応じて意味を変え、ときには「物」にも「無」にもなる。いうまでもなくそこには権力の問題が結びついている。権力は自らの利益に沿って他者を意味づける自由を手中にするからだ。したがって「命」という核は、人種、男女、人間と動物などの間に生じるさまざまな抑圧と非抑圧をその周囲に呼び寄せることになる。そしてクッツェー作品には、抑圧され見失われた他者の命を回復させようとする苦闘が見られる。

「苦闘」という大仰な言葉を用いたのは、他者の命が抽象的であるというからばかりではない。クッツェーの思索はポストモダン思想が切り開いた現実把握のなかにある。この現実においては言葉が真実に――他者はもちろん、自分の真実にさえ――行き着くことはできない。したがって真実を伝達することもできない。このような現実のなかでクッツェーは見失われた他者の命にリアリティー――存在するという真実――を見出し、言葉でその命を回復させようとする。とすれば彼は同時に伝達機能がすでに失われた言葉に、その機能を改めて付与するという不可能な試みにも挑まなければならないのだ。

本書はこうしたクッツェーの取り組みを、その思索のなかに見つめていく。クッツェーは本書が過去と位置づけている『夷狄を待ちながら』においても、現在と位置づけている『恥辱』においても、まずは作品の語り手、もしくは語り手に匹敵する人物のなかに暴力における共犯性を追及する。『夷狄を待ちながら』では行政長官、『恥辱』ではデイヴィッドがそうした人物にあたる。とはいえ行政長官もデイヴィッドも知識人であり、あからさまに暴力を振るう人物ではない。しかしそうした人物のなかにこそ、他者を抑圧する暴力の芽が探し出される。いわば特殊な暴力性ではなく、普遍的な暴力性が探求されるのである。そしてその上で彼らの成長のなかに「命」の回復が模索されていく。すなわちこの二作では同様の問題が、同様の形で、異なる時空間において提起され、異なる物語が引き出されているのである。この意味において二作間にある続編的関係性は偶然的ではなく、必然的といえる。そしてクッツェーの命をめぐる思索は、たしかに南アフリカ出身の白人という彼の出自に関連づけ得るだろう。しかし物語はもはや南アフリカの内部にも、西洋の内部にも収まらない。命とそれへの暴力について、生と死についての思索であるかぎり、普遍的に私たちの、私の、物語であるのだ。

＊＊＊

ここで『夷狄を待ちながら』と『恥辱』の受容について、ごく簡単に振り返っておこう。クッツェーは二〇〇二年に南アフリカからオーストラリアへ移住する。ただし『夷狄を待ちながら』と『恥辱』はどちらも移住以前の作品である。そしてその頃までのクッツェー作品には、当然のように南アフリカの政治問題などへの有益なメッセージが期待された。しかし前述のような彼の思索はそうした期待に対し、直接的にわかりやすい形で応えるものではなかった。またポストモダン思想に基づく現実把握は、作品に捉えどころのない様相を与えることにもなる。ゆえに特にアパルトヘイト時代、クッツェー作品は高く評価されるかたわら、南アフリカの政治問題に真剣に取り組んでいないという批判が繰り返されることになった。

受容におけるこうした二極化に対し、クッツェーのポストモダン性そのものに倫理性および南アフリカへの責任を見出すことを通じて一つのまとまりを与えたのが、デイヴィッド・アトウェルの仕事であった。アトウェルはケープタウン大学の修士課程において、じかにクッツェーの指導を受け、その後クッツェーの論文や批評をテーマごとにまとめ、彼自身が行ったクッツェーへのインタビューを加えて『ダブリング・ザ・ポイント』（Coetzee, *Doubling the Point: Essays and Interviews*, 1992）を編集する。こうした背景も手伝って、彼はクッツェー批評において注目を集めてきた。そのアトウェルはクッツェーのポストモダン性について次のように述べている。

クッツェーの作品はモダニズムとその遺産に大きく依拠しているが、彼の作品の強みは厳密にいえば、ヨーロッパの伝統におけるその吸収を南アフリカという倫理的にも政治的にも緊張をはらんだ場で試す力にある。いいかえれば課題は、クッツェーのポストモダニズムを彼のポストコロニアル性の観点から理解することなのだ。

（Attwell, *South Africa* 20）

すなわちクッツェーのポストモダン性とポストコロニアル性は、いわば一体と捉え得る。ポストコロニアル批評を代表するガヤトリ・スピヴァクもまた、『フォー』(*Foe*, 1986) の批評においてアトウェルと同様の見解を示し、『フォー』のポストモダン性のなかに南アフリカの政治に対するクッツェーの白人男性作家としての思索を読み取っている (Spivak, "Theory")。

一方でクッツェーと同じく南アフリカ出身でジェイムズ・ジョイスの研究者としても知られるデレク・アトリッジは、「読むことにおける倫理」という視座からクッツェー作品を読み解き、クッツェー作品に南アフリカ問題に対する何らかのメッセージが求められることへの抵抗を示している (Attridge, *J. M. Coetzee*)。アトリッジはデリダなどの触発を受けた上で、クッツェー作品の入念な読解を通じてこの視座を確立したという。彼はその理論を『文学の単一性』(*The Singularity of Literature*) にまとめ、「責任を持って文学作品を読むということは、あらゆる利用の網を被せることなく読むということだ。すなわち歴史的根拠や倫理的な教えとして、あるいは真実への道筋や政治的示唆として読むのではない。〔……〕それは読解における予測不可能性を、その未来へ向けた解放を、信用するということなのだ」(*Singularity* 129-30) と述べている。すなわち読解という他者との遭遇の場において、読み手は常に予測不可能性に対して開かれていなければならないと彼はいう。ただし理論そのものがクッツェーの影響下にあるとはいえ、たとえばアトリッジの『恥辱』評はこうした理論を物語のなかに読み込もうとする意識が先行しているようにも見える。

さて本書で取り上げる『夷狄を待ちながら』は、特に発表当時、まさに前述の二極化した受容の流れのなかにあった。したがって時空間の設定がなく南アフリカの現実にじかに触れていないことがまず批判の対象となる。たとえばクッツェーと同じく南アフリカ出身の作家、故ナディン・ゴーディマは、『マイケル・K』(*Life and Times of Michael K*, 1983) のレビューで、『夷狄を待ちながら』においても『マイケル・K』においても、クッツェーはアレゴリーを駆使して現実的な時空間に向き合うことから逃避していると主張した（Gordimer 139）。他方、こうした批判に対抗するように南アフリカの現実が物語のなかに読み込まれたり、他者の意味を決定づける帝国の暴力が注目されるなど、『夷狄を待ちながら』における倫理性が探求されてもいる。日本では田尻芳樹が「政治的物語批判」の視点から批評を行っている（『ベケット』一六五―七二）。これについては第一章で注目する。

一方、本書で取り上げるもう一つの作品『恥辱』は、発表当時の一九九〇年代末、すなわちアパルトヘイト撤廃後の南アフリカを舞台に据えている。その意味においてはじかに南アフリカに向き合う作品だ。しかし黒人男性による白人女性のレイプを含むこの物語は、特に南アフリカ国内で発表当初から物議を醸すことになる。(2)『恥辱』は、白人にとっては過去の過ちの代償として黒人の暴力を自ら引き受けなければならないというメッセージを読み取り得る作品であり、黒人にとっては暴力的で野蛮なイメージを自分たちに突きつける作品であり得た。したがってときには嫌悪感さえ滲ませた激しい批判を浴びることにもなった。だが普遍性への注目がこうした批判に抵抗することになる。いってみれば『夷狄を待ちながら』の受容との皮肉な逆行がここに生じるのである。すなわち時空間の特定がない『夷狄を待ちながら』においては、南アフリカがその根底にあるという主張が批判への抵抗となったが、南アフリカが舞台である『恥辱』については普遍性を引き出すこと――たとえば支配の応酬といった歴史のサイクルに注目すること――が批判への抵抗となったのである。俯瞰してみれば、この二作の受容は、アレゴリーであることを許容するか否かに二分されていたといえるだろう。批判は「文字どおり」の読解――それが可能だとして――から生じたものと捉え得る。

他方『恥辱』はクッツェーに異例の二度目のブッカー賞をもたらすなど、国際的に高い評価を得ており、以来、数多くの批評が書かれている。日本では佐藤元状がアトリッジの批評を批判的に読み、『恥辱』に

「倫理批評のパラダイムを内部から浸蝕する欲望の物語」を見出している(二一三—四〇)。また中井亜佐子は同様にアトリッジの批評に注目しつつ、衝動、恩寵、愛という観点から他者を記述し得る可能性を探っている(二七九—三〇〇)。

本書は前述のように『夷狄を待ちながら』と『恥辱』の続編的な関係性を明らかにし、しばしば捉え難さが表明されてきたクッツェー作品に、一貫した「命をめぐる思索」を見出していく。その過程ではポストモダン思想に基づく現実把握において、他者の命を回復しようとするクッツェーの試みを見つめることになるだろう。したがって「クッツェーのポストモダニズムを彼のポストコロニアル性の観点から理解する」というアトウェルの地盤を共有することにもなる。具体的な構成は「第一章　過去——死の二つの意味」、「第二章　過去から現在——生と死のパターン」、「第三章　現在——父娘のパターン」、「第四章　現在から未来へ——オペラと犬」、「第五章　未来へ——ルーシー」となっている。ここに章の副題として掲げた各テーマは、そうした一貫性のある思索のなかに据えてみることで、より具体的な意味を表すことになるはずだ。本書はそのようにして、クッツェーの半生にわたる最も根本的であり、最も重要な思索の流れに光を当てようとしている。

第一章　過去——死の二つの意味

『夷狄を待ちながら』はクッツェーが国際的に大きな成功をおさめた最初の作品である。スーザン・ギャラガーは、一九八〇年に刊行されたこの作品の成功について「時宜《じぎ》に適っていた。南アフリカの社会状況に対する世界の関心と憤りが高まっていた」(Gallagher 134) と書いている。当時、南アフリカではアパルトヘイトへの抵抗と弾圧が激化していた。一九六〇年代末から反アパルトヘイト活動家のスティーヴ・ビコが提唱する思想運動が広がりを見せ、その流れのなかで一九七六年、アフリカーンス語の強要に反発した黒人学生たちによるソウェト蜂起が勃発。(1) 一九七七年には多くの黒人指導者が投獄されるなか、ビコが逮捕され拷問死する。これは国外にも衝撃を与えた。(2)『夷狄を待ちながら』はこうした時代背景のもとに構想され創作された作品だ。特に出版当時の読者は南アフリカについての何がしかをそこに期待したに違いない。しかしこの作品は、直接的に南アフリカの状況を描くものではなかった。そもそも時代も場所も不明なのだ。これには批判の声も上がる。たとえばアーヴィング・ハウは『夷狄を待ちながら』に好意的なレビューを捧げながらも、「一つ欠けているものがあるとすれば、それは鋭さや痛みだ。すなわち、特定の歴史的な場と時がもたらし得る切迫感である」(Howe) と書いている。しかしその一方で、アトウェルは「クッツェーの帝国はある程度、アパルトヘイト言説における、特にパラノイア的な局面をフィクション化したものと認識し得る」(**Attwell, *South Africa* 74**) と述べている。またギャラガーはビコの拷問死とのつながりなど、当時の南アフリカの状況と作品との具体的な関連性を詳述している (**Gallagher 112-35**)。

たしかに『夷狄を待ちながら』は当時の南アフリカの姿を捉えているだろう。そもそも『夷狄を待ちながら』は、南アフリカの物語として出発したのだ。当初は場所も時代も設定されていた。『夷狄を待ちながら』の創作ノートに記された最初の構想では、時は一九七七年当時からみた近未来、場所は反乱のさなかにある南アフリカ、特にロベン島が設定されている。(3) そしてこうした背景のもとに一組の男女が出会う。この男女においては男の態度が女を苦しめ、ついに女を死に追いやることになる。(4) すなわちこの初期構想は、崩壊しつつある南アフリカの体制下、女の死を生じさせる男女関係を描き出している。そこから浮かび上がるのは「死」への意識だ。

完成版『夷狄を待ちながら』はこうした構想とはまったく異なる作品に仕上がっている。しかし死をめぐる物語である点は、当初の構想を引き継いでいるだろう。

完成版ではある帝国の静かな辺境の町で、語り手である初老の男が行政長官を勤めている。そこへ帝国の首都から治安警察のジョル大佐がやってきて、先住民である夷狄を次々と拷問にかけていく。冒頭から動物の死が語られ、さらに老人の拷問死や収監されていた赤ん坊の死が続く。

本章では、『夷狄を待ちながら』における「死」を探求する。『夷狄を待ちながら』では死に二つの意味を見出すことが可能だ。一つ目は体の消滅を意味する死。二つ目は、空白のように感じられる他者および他者の世界を指し示す死だ。そしてこのように死を二方向から捉えることで、南アフリカの現実を白人の立場で見つめてきた著者が示す良心のあり方に触れることになるだろう。

1　死の二重性について

物語序盤、行政長官は帝国の暴力による死を二度にわたり目撃している。夷狄の老人がジョルによる凄惨な拷問を受けて死亡し、また囚人として収容された先住民の赤ん坊が死ぬ。二人の死は体の消滅を意味する死だ。行政長官はここで、帝国の暴力が他者を回復不可能な消滅に至らしめるのを目の当たりにする。ジョルは夷狄が帝国への襲撃を企てているというが、行政長官はそんなことはうわさに過ぎないと考えている。しかしそれでも帝国に仕える身である彼が、ジョルの暴力に口をはさむことはない。彼はただ拷問の物音を遠ざけるだけだ。

ただし行政長官には、ジョルの暴力から目を背ける形で二人の死に加担したという意識がある。虐殺に対する自らの無頓着に恥じ入り、彼は自分自身を「引き波に捕らわれ、抵抗をあきらめ、泳ぎを止めて、外海、そして死の方へ顔を向ける人」のように感じる（20-21）。ここに「死」という語が現れている。この「死」はいったい何を意味しているのだろう。一つには一連の出来事の末、行政長官には死の受容へ向かう気持ちが生じているのだと捉え得る。であればここで「死」とは、彼自身の体の消滅を表すことになる。ただし行政長官はこのあと帝国への抵抗を開始する。いいかえればここは、行政長官が語る物語の出発点でもあるのだ。さらに「外海、そして死」とあるように、「死」が帝国の外側を示唆する「外海」と並べられている点も注目される。

「死」という語が使用されているもう一つの例を取り上げてみよう。『夷狄を待ちながら』にはジョルの拷問を受けて、眼や足に損傷を負った夷狄の娘が登場する。行政長官はこの娘が町で物乞いをしているのを見かけ、仕事を与える一方で、夜毎、彼女のねじれた足や体を洗い、オイルでマッサージを施すようになる。(5)そして、このとき彼はたびたび不思議な現象に見舞われるのだ。

娘を愛撫しているそのさなかに、私はまるで斧ででも殴られたかのように眠りに打ち負かされ、彼女の体の上に投げ出されたまま忘却のなかへと堕ちていく。そして一、二時間ほどすると眩暈《めまい》と混乱と喉の乾きを覚えて目を醒ます。夢すら見ないこんなひとときは、私にはまるで死のようだ。あるいは恍惚、空白、外側の時間のようだ。(30)

ここでは「死」が「恍惚」、「空白」、「外側の時間」と同列に並べられている。いったいこの不可思議な「死」は何を指すのか。その意味をあぶり出すには「恍惚」、「空白」、「外側の時間」のそれぞれを考察してみることが有効だろう。

まず「外側の時間」に注目してみよう。行政長官は帝国に属している。したがってここで「時間」とは帝国の時間、すなわち帝国の歴史を構成する時間を意味するだろう。アトウェルは『夷狄を待ちながら』における歴史についてフランク・カーモードを参照しつつ、次のように述べている。(6)

『夷狄を待ちながら』において〔……〕歴史は大文字のヒストリー（History）として対象化され、カーモードの言葉を借りれば、四季の時間クロノスに対抗する危機の時間カイロスとして浮かび上がる。大文字のヒストリー、あるいは神話としての歴史（history-as-myth）とは、帝国それ自身の独自の教育的物語であり、帝国のテロリズムを一部構成し、一部合法化するのである。　（Attwell, *South Africa* 72）

すなわちアトウェルによれば、『夷狄を待ちながら』における歴史とは帝国が生産する物語である。であれば「外側の時間」とは、帝国の物語の外側にある時間と捉えることができる。これは帝国の外という意味において、前述の「外海」にもつながる内容であるだろう。

田尻芳樹は、『夷狄を待ちながら』を「政治的物語批判と考えることができる」と書いている。つまり「「帝国」の物語の虚偽性を見据える」行政長官は、「自然的時間に同一化したいという存在論的願望を持っていて、それが「帝国」の物語の政治的批判を引き起こしている」というのだ（『ベケット』一六八―六九）。実際、行政長官は次のように帝国の歴史、すなわち帝国の物語を批判している。

水のなかの魚たちのように、空の鳥たちのように、子どもたちのように、我々が時を生きていくのを妨げてきたものは何か。帝国のせいだ！　帝国は歴史の時間を作り上げた。帝国は四季のサイクルの、なめらかに循環し回転する時間のなかではなく、勃興と没落の、始まりと終わりの、カタストロフィの、荒々しい時間のなかに自らの存在を位置づけてきたのだ。　（131）

このように行政長官は帝国の時間を批判し、「私は、帝国がその国民に、その没後の国民にまで押しつける歴史の外で生きたかった」(151)と考える。すなわち田尻が指摘するように「自然的時間」のなかで生きたかったというのである。であれば「外側の時間」とは行政長官が憧れる状況として、「恍惚」という語が並べられている点にも納得がいく。

では「空白」はどうか。「自然的時間」とは、いわば物語生成もしくは意味づけの放棄であり、言葉で捉えることが不可能な状態だ。その意味において「自然的時間」はそもそも「空白」であるだろう。とすれば「恍惚」、「空白」、「外側の時間」と同列に並べられている「死」とは、「自然的時間」を指すとひとまず理解できるだろうか。

ただし帝国が刻む時間のなかに生き、帝国の言葉で意味づけを行ってきた行政長官にとって、帝国の時間の外側にあり、またその言葉で捉えることが不可能であるのは「自然的時間」ばかりではないだろう。他者の時間が流れ、他者の物語が紡がれる世界もまた、帝国の時間の外側という同様の位置にある。行政長官にとって、こうした世界もまた「自然的時間」と渾然一体となった外部と想定し得る。

実際、行政長官が夷狄の娘の顔や体を「空白」なものとして呼び起こす場面がある。彼は夷狄の娘と自室で過ごす一方、彼自身と同じく帝国民であり、宿屋で体を売って生計を立てている小鳥のような娘のもとへも通う。そしてこの娘と比較する形で夷狄の娘の体を思い浮かべ、その「異境の体」に彼が引きつけられた理由を、自分では想像することすらできないと感じるのである。夷狄の娘の姿は拳《こぶし》のような「空白」の顔と開口部のない「空白の体」となって浮かび上がり、彼は嫌悪のあまり身震いする(41-42)。このことは行政長官にとって、夷狄の娘が入口のない、いいかえれば理解の糸口を持たない他者であることを、象徴的に描き出しているだろう。すなわち帝国の物語に回収されない他者は、行政長官の文脈では捉えようのない世界に存在している。そして、捉えようがないという意味において「空白」なのである。

すなわち行政長官にとって「自然的時間」と同様に、他者の世界もまた、帝国の外部として「空白」であるのだと捉えることができる。逆にいえば「空白」は「外側の時間」や「恍惚」とともに、帝国の外部を指し示している。そしてこれらの語と同列に置かれている「死」にも同様の含意があるはずだ。したがって『夷狄を待ちながら』における「死」には二重の意味を想定し得る。一つは体の消滅であり、もう一つは帝国の物語に回収されない外側、他者および他者の世界だ。では、こうした二つの「死」について、語り手である行政長官は何を物語るのだろうか。まずは一つ目の死、体の消滅に注目してみよう。

2 「誰も死に値しない」

春の訪れとともに行政長官は、夷狄の娘を彼女が属する民のもとへ送り届ける旅に出る。この旅から戻るとジョルの部下であるマンデル准尉が待ち受けていて、行政長官は夷狄と密通した疑いで監禁され、拷問を受けることになる。この監禁中、行政長官はジョルが夷狄の囚人たちにハンマーを打ちおろそうとするのを「我々は創造の大いなる奇跡だ！　だがいく度かの打撃から、この奇跡的な体は回復できない！」(105)と叫んで止めに入り、代わりに彼自身が暴力の標的になる。[7]行政長官はここでジョルの行為を非難するよりもまず、囚人たちの体の保護を訴えている。この点に関連して、彼は自分が受けた拷問について次のように語っている。

彼ら〔マンデル准尉とその部下〕の関心事はただ一つ、一個の体のなかで、一個の体として生きることが何を意味するのか、私に証明してみせることだった。体というものは健《すこ》やかであるかぎり、正義の概念を抱くこともできる。だが頭を押さえられ、食道に管を差し込まれ、大量の塩水を注ぎ込まれて、咳き込み、吐き気を催し、激しくもがき嘔吐するとき、そんなことはたちまち忘れてしまうのだ。（113）

すなわち体の苦痛は「正義の概念」を圧倒するのだと、行政長官はいう。彼はまた、「正義。ひとたびこの言葉が口に出されたら、どこにその終着はあるだろう」（106）という問いを発してもいる。この問いには、正義が際限なく内容を変えていく様子が仄めかされているだろう。正義もまた言葉であり物語だ。行政長官は彼自身が拷問の標的となるなかで、どこまでも確定し得ない正義の物語よりも、体の主張ともいうべきその苦痛が前面にあり、緊急性を備えていることを、文字どおり身をもって知るのである。(8)

その後、行政長官は死刑まがいの刑に処せられる。首に縄をかけられ、後ろ手に手首を縛られたまま、木に立て掛けた梯子を登らされるのだ。足を踏み外せば首が吊るされる仕掛けである。そして死の縁に立たされた行政長官は、「私はいいたい。誰も死に値しないのだと。〔……〕私は生きたい。誰もが生きたいように。生きたい、生きたい、生きたい。何がなんでも」（117）と訴える。ここで行政長官は、死に直面した体の主張を叫んでいるように見える。またそうした体の主張に基づいて、「誰も死に値しない」という結論を引き出しているようでもある。しかし彼の言葉に周囲が動かされることはない。

行政長官はいったん地面に降ろされると、今度は彼の手首を縛っている紐に縄がかけられ、後ろ手に宙に吊るされる。すると彼の喉から「砂利を注ぐような、悲しく乾いたうなり声」が上がり始める。「私は何度も何度もうなる。私にはそれを止める術《すべ》がない。それは体から湧き上がる音だ。体が、おそらくは修復不可能なまでに損傷を負ったことを知り、その恐怖をわめき立てているのだ」（119）と行政長官は語る。この「うなり声」はもはや言葉に置きかえることができない体の主張そのものであるだろう。本来、それは体を有するすべての人々に通じる主張であるはずだ。しかし帝国の見物人たちはこれを「夷狄語」（119）と呼んで笑う。彼らは夷狄を敵と見なす帝国の文脈にある。その文脈において、夷狄と見なされた行政長官の苦痛は滑稽なものでしかないようだ。「敵」の苦痛を笑うことは、彼らの正義でさえあるのかもしれない。

しかしそうした正義よりも前面に、体の苦痛があるのではなかったか。クッツェーはインタビューで次のように語っている。

> 南アフリカにおいては苦しみの、したがって体の権威を否定することは不可能だ。それは論理的な理由のためでも、倫理的な理由のためでもなく、〔……〕政治的理由のため、つまり権力という理由のために不可能なのである。もう一度、明確にいわせてもらおう。苦しむ体の権威は人が授けるのではない。苦しむ体がこの権威を得るのである。それが苦しむ体の権力だ。別のいい方をすれば、それは否定し得ない権力だ。
>
> （*Doubling* 248）

クッツェーは苦しむ体には権力があると、ここで断言している。であれば苦しむ体の主張は命令であるはずだ。行政長官のうなり声は苦痛からの解放を命じている。しかし帝国民の耳には届かない。その命令は帝国の正義の物語に取り込まれるとき、たやすく挫折するのである。その上、行政長官自身が「ふと頭に浮かぶのは、我々が虫を踏みつぶすということ。虫たちも創造の奇跡だ。カブトムシ、ミミズ、ゴキブリ、アリ、皆それぞれのあり方で」（105）と語っている。こうした虫たちの奇跡の体も、行政長官の体と同様、生きようとしている体である。クッツェーが確信する苦しむ体の権威とは、非常に脆弱な土台の上にある。

3　読めないという意志

すでに見てきたように行政長官が夷狄の娘の姿を思い起こそうとするとき、その「異境の体」は「空白の体」として浮かび上がる。このことは行政長官にとって、娘が帝国の物語に回収されない他者であることを象徴的に表しているだろう。そして「空白」と並置されている「死」もまた、同様の意味を含んでいると考えられる。したがって「死」には体の消滅と他者という二つの意味を想定し得る。そして、こうした「死」の二重性そのものにも意味を見出し得るのかもしれない。すなわち「死」の二重性は、二つの意味の隣接を指し示しているのではないか。『夷狄を待ちながら』において、他者は「空白」のように感じられるために自由な読解を許容する。たとえば帝国は夷狄を「敵」と読解し、その結果、彼らに拷問を行う。すなわち他者性は暴力を呼び寄せるのであり、体の消滅につながり得る。[9]

『夷狄を待ちながら』にはこのことを象徴的に描き出している場面がある。ジョルが囚人として捕らえた夷狄たちの背中に、木炭で「敵」と次々に書き入れていく。すると兵士たちがこの文字が消えるまで夷狄たちの背中を打ち据えるのである。そして周囲の見物人も、積極的にこの打擲に加わる[10]（103-04）。他者である夷狄は帝国にとって「空白」である。帝国が「敵」と読解し、そう書き入れることで、「空白」であった夷狄は帝国の敵として存在することになる。そして「敵」という文字が消えるまで夷狄の背中を打ち据えることは、帝国の文脈において敵を討つという正義となるだろう。[11] すなわち他者であることとその体の消滅は実に近距離にある。

しかし、ではなぜ帝国はこうした読解を通じて「敵」を創出するのだろう。マイケル・モーゼスは、「概して夷狄という他者（Other）は、帝国が自らを刻印する白紙としてこの小説に登場」し、帝国はそこに「書き込むことによって自らを形作るのだ」と述べている[12]（Moses 120）。であれば帝国は自らを成立させるために、敵を創出することになる。エドワード・サイードによるオリエンタリズムの概念において、西洋はその権威と正統性を明確にし、これを維持するために、他者としてのオリエントを措定する（Said, *Orientalism*）。同様に、帝国が存在するためには帝国ではないものを作り出さなければならない。すなわち帝国と非帝国、文明と野蛮、味方と敵などの二項対立を現前させ、二項の差異を明確に打ち出さなければならない。そうすることでようやく帝国は自らの輪郭を浮かび上がらせることができるのだ。帝国は夷狄という敵を作り出すことで帝国であり得る。

ちなみにC・P・カヴァフィスの詩の一つに、『夷狄を待ちながら』と同じタイトルの詩がある[13]。そしてそのカヴァフィスの詩もまたこのテーマを扱っている。アトウェルはカヴァフィスの詩に触れて次のように書いている。「〔詩のなかで〕帝国は、夷狄のために軍隊を配列し、ヒエラルキーを再構築し、そのシンボルを掲げることができる——つまり完璧な政治的、記号的システムとして自らを刷新し得るのだ」（Attwell, *South Africa* 71）。換言すれば、帝国は夷狄という敵の存在なくしては、帝国であることの意味を見失ってしまうのである。

ところでクッツェーの『夷狄を待ちながら』というタイトルについてはもう一つ、その源流を掲げ得る。サミュエル・ベケットの『ゴドーを待ちながら』（*Waiting for Godot*）である。田尻はクッツェーにおける物語批判の系譜を、ジャン＝ポール・サルトルとベケットに見出し、ベケット作品における「登場人物の非常に多くが、物語作成の虚偽性を知りつつも、生きるために物語を語り続ける」(『ベケット』一六一)と述べている。『ゴドーを待ちながら』においてゴドーが現れれば物語は完成し、生が意味づけられるのだが、ゴドーは現れない。だから物語の完成は際限なく延期されると同時に、物語の虚偽性が浮かび上がる。仮にゴドーに「神」を当てはめてみれば、この結構はいよいよ明快になるだろう。神が現れれば世界の意味は明らかになるが、現れないために意味は不明瞭のままだ。すなわち決定的な「何か」が欠落し続けるのである。

クッツェーは創作ノートのメモのなかに、『ゴドーを待ちながら』のタイトルを記している。「一年もこれ〔『夷狄を待ちながら』〕に取り組んできて〔……〕私はまだ欲望が溢れ出すのを待つ段階にある。実際、私はすぐにこれが欲望を待つことについての本だと感じ始めた。その欲望がやってくることはない。なぜならそれを待っているのだから。/『ゴドーを待ちながら』は主題を待つことについての本だ」(*WFB* NB2, 24 Oct. 1978)。これより少し前のメモに、「いったんそれに取り組めば、興味(欲望)は去ってしまうとわかっている」(*WFB* NB2, 24 Oct. 1978)とあるから、ここに記されているのは興味(欲望)の対象となるテーマが定まらない創作上の苦悩であると同時に、その状況がテーマになっていく過程であると推察される。完成版『夷狄を待ちながら』ではカヴァフィスの詩と同様に、どれほど待っても夷狄の襲来がない。そのために帝国の物語は不安定になる。ゆえに帝国は夷狄を捕らえて「敵」を創出し、物語を堅固にしなければならない。そこには帝国の物語の限界が示唆されてもいるだろう。

話を戻そう。つまり帝国は自らの欲望に基づき、他者である夷狄を「敵」と読解し、そう記述する。その結果、夷狄は暴力の対象となる。そこには「死」の二つの意味の隣接が浮かび上がる。では『夷狄を待ちながら』の語り手である行政長官は、この隣接にどう立ち向かうのか。前節で見たように、彼は体の消滅としての死に対し、「誰も死に値しない」と訴える。しかしその一方で、彼自身が夷狄の娘を「空白」のように感じる。そして彼女を知るために、ジョルが彼女の体に刻みつけた拷問の傷痕《きずあと》に強い執着を見せるのだ。「この娘の傷痕が解読され、理解されないかぎり、私は彼女を手放せないのだということがますます明らかになってきた」(31) と彼は語る。すなわち行政長官は拷問の傷痕に意味を読み込もうとするのである。モーゼスは「書くこと」と「拷問」を結びつけ、以下のように述べている。

クッツェーの小説〔『夷狄を待ちながら』〕が強く示唆するのは、書くこと――このくくりには法典や歴史のナラティヴも含めることができる――が、必然的に帝国の最も非道な行為に関与し、また加担するということだ。非常に痛ましいことに、クッツェーは書くこと(記述および解釈)を拷問の形で表している。(Moses 120)

『夷狄を待ちながら』の拷問において、帝国は夷狄の体に帝国における彼らの位置づけ、つまり帝国が彼らをどう読解するかを刻み込む。これはいわば書く行為であり、その傷痕は文字と捉え得る。そして行政長官は娘を知る手段として、帝国が記した文字の読解を試みようとするのである。モーゼスはさらに次のように書いている。

帝国の権力と技能、またその手腕は、自らの記号を生み出しそれを解釈する能力にある。行政長官は自分の振る舞いを善意に満ちた父親らしい人間的行為と見なすが、彼の他者への細やかな配慮は、帝国が用いる邪悪な拷問器具と切り離し難い。(Moses 121)

たしかに行政長官は帝国の共犯者であることを免れ得ない。ジョルは夷狄の「空白」の体を読解し、意味を創出するが、行政長官はジョルが夷狄の娘に刻みつけた傷痕／文字の読解を試みることで、ジョルの読解を、いわば反復しようとしているのである。

実際、行政長官自身がこの点について意識的だ。彼は帝国との共犯性を自分自身のなかに見出していくなかで「今この場にいてさえ恥ずかしさのあまり身がすくむのだが、彼女の足元に頭を横たえ、その壊れた踝《くるぶし》をやさしくさすりキスしていたとき、心の奥底で〔ジョルと〕同じくらい深く、彼女に自分を刻み込めないことを残念に思っていなかったかどうか、私は自分に問いただしてみなければならない」(132) と考えている。娘に対しジョルと同様の欲望があったことを、彼は認識していくのである。

しかしその一方で、ジョルの暴力を止めようとする行政長官を、共犯者という一語に集約するのはいささか乱暴だ。クッツェーは彼を「良心の男」(*Doubling* 363) と呼んでいる。[14] 帝国の暴力が「自らの記号を生み出しそれを解釈する」ことといえるなら、行政長官の「良心」のあり方は、一つには彼が最後まで娘の傷痕を読めない（読まない）ままである点に現れているだろう。結局、彼が傷痕を通じて娘の意味を捏造することはない。そこには読むことおよび書くことの暴力を回避しようとする意志を見出し得るのではないか。

さらに行政長官は「私が娘について、障害や傷痕の残る損なわれた体という見方を変えないできた間に、彼女の方は今ではもう、新しい不完全な体に成長していて、猫が指のかわりに鉤爪があるのを異常とは感じないように、彼女も自分に異常があるとは感じていないのかもしれない」(55) とも語っている。ここには傷痕が娘の体の特徴といったものに変化している可能性が仄めかされている。娘の体は時とともに傷痕を癒す。帝国の物語は、帝国が書き込んだままに留まるわけではない。ドミニク・ヘッドは傷痕について「植民地支配の歴史に抵抗するオルタナティヴ・ストーリーの一部を構成するテクスト」(Head, *Cambridge* 52) と書いている。娘の体は傷痕を娘自身の言葉に翻訳することで、帝国の物語を内側から書きかえていくだろう。帝国の物語は帝国がまさに物語を書き終え、定着させたと思ったその瞬間から、娘の皮膚の上で帝国が想定し得ない、他者の物語へと変容していくのだ。その意味において傷痕は抵抗のテクストにもなり得る。あるいは、ホミ・K・バーバの「二重のナラティヴ・ムーヴメント」をここに当てはめてみてもよいかもしれない。人々は「過去」に起源を持つ国家主義的な歴史物語の「客体」であると同時に、その過去を消し去り「今」を表明する「主体」である（Bhabha 145）。であれば帝国に連れてこられた娘もまた「客体」であるばかりではなく「主体」になり得る。すなわち帝国が、たとえば帝国の進歩と繁栄の物語における彼女の位置をその体に刻みつけるなら、彼女は夷狄の娘としてそこに生きる日常を書き込み、物語の内に二重性を生み出していく。そうすることで娘は帝国の物語の直線的な道筋に揺さぶりをかけるのである。

そして行政長官は、傷痕に執着し、傷痕について考え、傷痕の変容に気づきさえするが、傷痕を読めないままだ。物語の終盤で彼は次のように語る。「私は波乱の一年を生きてきた。それでも腕に抱かれた赤ん坊のように何も理解していない」（151）。空白のように感じられる他者は、空白のように知る術がない。しかし彼は空白を空白のままに置く。このことは読めないという意志を指し示しているだろう。そこには「誰も死に値しない」という彼の主張が共鳴する。

4　夢――もう一つの物語

行政長官の姿勢は、たしかに帝国の暴力に対する抵抗を示している。ただし彼は帝国の物語の内部に存在しているのであり、帝国の暴力に対する共犯性を自身のなかに認めてもいる。すなわち行政長官が帝国に抵抗するとすれば、それは物語の内部から物語を破壊していくに等しい。そこには彼自身への抵抗も含まれることになるだろう。しかも前述のように彼は「正義。ひとたびこの言葉が口に出されたら、どこにその終着はあるだろう」と考える。つまり行政長官は普遍的正義を掲げることもできないのである。彼は手探りで道を進んでいかなければならない。そして、このとき彼を導くのが「夢」だ。

行政長官は夷狄の娘と関連性があると考えられる少女の夢を、六度にわたって見る。最初の二つの夢において、少女には顔がない。第一の夢ではフードのなかの少女の顔は見えず、第二の夢では少女の顔は「胎児か小さな鯨の顔」のように「空白」だ(37)。いまだ帝国の物語の内部に安住している行政長官に対し、少女の他者性が示唆されているのだろうか。初めて少女の顔が現れるのは、第三の夢においてである。行政長官は新たに町へやってきた若い将校に対し、この土地は帝国の領土である以上に先住民のものだと説く。第三の夢はその直後の夢だ。雪のなかで遊ぶ子どもたちの中心に、少女の後ろ姿が見える。少女に近寄ってみるとこの町が雪で築かれていて、少女は砦を作っているところだ。ただ、その雪の町には人が一人もいない。行政長官がそのことを少女に告げようとすると、舌が凍りついて言葉を発することができない。けれども少女は振り返り、彼に微笑むのである。このとき初めて、きらきらと輝く漆黒の目をした少女の顔が彼に見える。行政長官は実のところ、将校に対して彼が述べたことに迷いを感じていた。「そもそも私は自分がいってきたことを本当に信じているだろうか?　およそ知に無関心で不潔で病や死を容認する夷狄の生き方の勝利を、本当に待ち望んでいるのだろうか?」(51)と彼は自問している。しかし夢のなかの少女の微笑みはこうした行政長官の迷いを吹き飛ばし、将校に対する彼の言葉を肯定するかのようである。そして無人の雪の町は、行政長官の言葉どおりに帝国の人々が去っていったかのようである。

第五の夢で、行政長官はさらに温かく少女と交流する。前述のように夷狄の囚人たちに対するジョルの暴力を、行政長官は自分が身代わりとなって受けとめる。その後に見るのが第五の夢だ。激痛のなかで眠りに落ちながら、彼は少女のイメージを探し求める。少女は土の竈《かまど》を作っている。彼女は正装していて、これまでにないほど愛らしい。そして少女は命の象徴ともいうような湯気のたつパンを、彼に差し出すのである。感謝の涙が彼の頬を伝い、目が覚める（107）。第五の夢においても、行政長官の行為が夢のなかの少女に肯定されているかのようだ。いいかえれば行政長官は夢を通じて、彼の行動の「正しさ」を確認しているようだ。であれば夢のなかの少女は彼の導き手といえるだろう。実際、第四の夢ではそのことが示唆されている。[15]行政長官は足に傷のある少女を担いで、砂漠のように果てしなく広がる兵舎の中庭を歩いていく。向こう側へたどり着く自信はない。このとき彼女こそが迷宮を抜ける「唯一の鍵」（85）なのである。

「迷宮」に関連して、創作ノートには「彼女はある種のアリアドネだ。つまり物語における彼女の役割が明らかになるまで、彼は迷宮のなかにいる」（*WFB* NB1, 6 Nov. 1977）とメモが記されている。これは完成版『夷狄を待ちながら』の骨組みができ上がる以前のメモであり、直接的に完成版に結びつくわけではない。しかしこのメモは、行政長官と夢に現れる少女の関係性を考察するヒントにはなるだろう。そして夢に現れる少女の源泉は、その描写から夷狄の娘であると考えられる。つまり行政長官は夷狄の娘の傷痕を読めないままに置き、彼女を知る術を持たなかった。だが夢を通じて彼女の顔を見ることができるようになり、彼女に導かれて迷宮を渡るのである。帝国の物語が行政長官の現実であるならば、こうした夢もまた彼が属する物語であり、彼の現実と呼び得るだろう。帝国の物語は、夷狄を敵に仕立てて暴力を正当化する。それはいわば他者に死をもたらす物語だ。行政長官はこの死の物語を斥《しりぞ》ける。そして彼は帝国の物語の外、茫漠と広がる砂漠／迷宮に足を踏み入れることになる。しかし夢は彼に新たな物語をもたらす。それはかつて他者であるがゆえに空白あるいは死の世界にいた娘が、健康的な少女となって生き生きと彼に微笑みかける物語だ。いうなれば他者に生をもたらす物語だ。そして行政長官はこの「生」の物語を道しるべに、帝国の物語に抵抗するのである。(16)

5　最終シーンについて

行政長官を拷問したのち、ジョルの軍隊は再び夷狄の征伐に向かう。しかし今度はジョルの軍隊が夷狄に打ちのめされる。行政長官は帝国の首都へ逃げ帰ろうとするジョルに、長らく考えてきたジョルへの教訓を繰り返し告げる。その教訓とは「我々の内に潜《ひそ》む罪悪を、我々は我々自身に負わせなければならない。〔……〕他者にではなく」(143)というものだ。ちなみにこの教訓にはシモーヌ・ヴェイユの言葉が取り込まれている。(17)そして最終シーンでは、行政長官自身がこの言葉を実践しているように見える。

ジョルの逃走後、大勢の住民が夷狄の攻撃を怖れて町を去っていく。一方、行政長官および町に残ったわずかな人々は、夷狄に討たれるか、あるいは雪に閉ざされ飢え死にするかという危機的状況にある。行政長官は再びリーダー的な役割を担いながら、生き延びるための方策を細々と編み出している。最終シーンはそんな日々のなかにある。行政長官は夢であることを否定しているが、それは彼の第三の夢が実現したかのような雪の光景である。そして夢と同様に、そこには子どもたちがいて、雪だるまを作っている。

季節は冬だ。クッツェーは『夷狄を待ちながら』について「雰囲気を設定するために、かなり伝統的な様式で季節を利用している」(Scott 95)とインタビューで語っている。伝統的に冬は死の季節であるだろう。(18)

つまり雪が指し示す冬の季節は、この町が死のような世界のなかにあることを象徴的に表しているのだと考えられる。であれば町は今、帝国の物語の外に置かれているのだ。そしてそこには未来を担う子どもたちがいる。この場面の手前で、帝国の元料理人であるマイの子どもたちへの言及がなされているので、おそらくここでは帝国と夷狄の両方の子どもたちが混じり合って遊んでいるのだろう。この最終シーンから想像されるのは、子どもたちが担っていく帝国と夷狄の境界のない未来だ。夷狄を他者とする帝国の物語はすでに存在しない。ただしその一方で、どのような物語が新たに作られていくのかは不明である。あるいは「自然的時間」がめぐる物語の介在しない世界が、不可能な夢として提示されているのだろうか。この場面において一つだけ具体性を帯びているものがあるとすれば、子どもたちが作っている雪だるまに腕（arms）が欠けているという事実だ。行政長官は雪だるまに腕がないことに気がつくが、口をはさみたくないと思う（152）。ギャラガーによれば“arms”には「武器という否定的含意」（Gallagher 133）がある。そこには武器のない世界、いいかえれば他者の体を侵害しない世界が想定されているのかもしれない。

そして物語は次のように締めくくられる。

> これは私が夢に見た光景ではない。近ごろのほかの多くのことと同じように、おかしいと感じていても、私はそれをそのままにしておく。あたかもとうの昔に道に迷ってしまったのに、おそらくはどこにも通じていないその道を邁進する人のように。（152）

行政長官は帝国の物語の外、すなわち彼にとって空白の、意味を成さない世界を「そのまま」受容しようとしているように見える。いいかえれば、他者を死の世界のなかに存在させるよりも、彼自身が死の世界にあることを選んでいるように見える。その意味において、他者への暴力を自分に振り向けなければならないという前述のジョルへの教訓を、彼自身が実践しているようである。

クッツェーは行政長官について次のように述べている。「この小説(『夷狄を待ちながら』)は問う。なぜ人は物質的な利益につながらなくても、正義の側を選択するのか。行政長官はいくぶんプラトン的な答えを提示している。なぜなら私たちが正義の観念とともに生まれてきたからと」(*Doubling* 394-95)。正義に到達することはできないが、前述のように行政長官には夢に「正しさ」を告げられている節がある。たしかに彼には言葉を超えたところにある正義の感覚があるのかもしれない[19]。しかし生まれ持った「正義の観念」は、即座に問い返されるだろう。たとえば、ジョルにはなぜそれが備わっていないのか。あるいは備わっていたとしても、なぜ読み手にはそれが正義に見えないのか。なぜ帝国民は行政長官の悲鳴を一笑に付すのか……。結局、正しさを告げているらしい行政長官の夢もまた、彼自身の物語の内にあるというしかないのだろうか。

ただし、行政長官は物語を通じて一つの姿勢を貫いてはいる。それはヴェイユの言葉にも通じるが、「他者に死をもたらさない」という姿勢だ。これは他者の体を破壊しないというばかりではない。すでに見てきたとおり、死のように感じられる他者は、その命が無視される。ゆえに最終シーンにおいて行政長官は他者を死の世界のなかに存在させるのではなく、彼自身を死の世界に存在させるのである。クッツェーは『夷狄を待ちながら』について、「行政長官と夷狄の娘はロシア人とキルギス人であってもいいし、漢人とモンゴル人でも、トルコ人とアラブ人でも、アラブ人とベルベル人でもいい」(Begam 424)と述べている。『夷狄を待ちながら』が抑圧と被抑圧の寓話として普遍的な物語であるならば、クッツェーは少なくとも行政長官のこの姿勢を、普遍的な正しさとして提示したかったのではないだろうか。

本章冒頭で、『夷狄を待ちながら』が刊行されてまもなく、南アフリカの現状を直接的に描いていない点に批判が上がったと述べた。実は当時、そうした批判とは対照的な書評をバーナード・レヴィンが『サンデー・タイムズ』紙に書いている。「帝国の最果てにて」(“On the edge of the Empire”)と題したそのエッセイのなかで、彼は次のように述べている。[20]

　表面上、この物語はメタファーではあれ、「良識よりも考慮すべき高次のことがらがあると主張する人々」に支配された国として、直接的に彼〔クッツェー〕の国を告発するものだ。しかし表面下では、時も場所も名前もなく、普遍的である。クッツェー氏はあらゆる社会の闇の奥を見つめている。そして次第に彼が取り組んでいるのが政治などではまったくなく、我々一人一人の内に潜む獣性の探究であることが明らかになっていく。その獣性は、集団的契機を要することもなく、我々に向き直り、我々を引き裂くのである。[21]　(Levin)

抑圧と非抑圧の関係が男女関係を取り込む時点で、レヴィンはすでに的を射ているだろう。クッツェーが見つめているのは、南アフリカの政治的状況そのものではなく、そのような状況を作り出す根源であるといえる。そして、レヴィンはこの書評を次のように結んでいる。

　この本は旧約聖書の預言者の仕事である。預言者は火の雨の到来を警告するものたちでさえ、火の雨から逃れようのないことを見通している。そして「光の帝国の最果ての前哨地に、心のなかは野蛮人ではない一人の男が存在した」ということが重要であり、同時に虚しいと知っている。クッツェー氏の本のページをめくるとき、そこには荒廃の悲痛な嵐の音が聞こえてくる。その嵐の出所であるパンドラの箱

を、いつか人は閉じることができるという希望を彼が欠いているために、その悲痛さは一層募るのである。(22)

(Levin)

たしかに人はパンドラの箱を閉じることができないのかもしれない。そして『夷狄を待ちながら』は南アフリカにおいてアパルトヘイトが終了しても、「今」の物語であり続けるのかもしれない。ただし物語のなかではいつも、心の野蛮に抗《あらが》おうとする一人の男が闇と格闘している。そのようにして彼は子どもたちへ世界を手渡そうとする。たとえ希望がないとしても、希望を作り出そうとする力には満ちている。

第二章　過去から現在――生と死のパターン

クッツェーの『夷狄を待ちながら』と『恥辱』は一読するかぎり、関連性のない別個の物語だ。そもそもこの二つの作品は約二〇年という長い年月を隔てて発表されている。クッツェーが『夷狄を待ちながら』に着手したのは、一九七〇年代後半であるようだ(1)。おとぎ話のようにこの物語には時代も場所も示されず、ただ帝国の支配下にある辺境の町ということだけがわかる。一方『恥辱』は、クッツェーが一九九〇年代中盤に着手した作品と推察される(2)。この物語は一九九〇年代後半の南アフリカを舞台にしている(3)。つまり『夷狄を待ちながら』と『恥辱』の時空間は、設定の仕方も設定内容もまったく異なる。物語の内容においても同様だ。『夷狄を待ちながら』では、辺境の町の行政長官が先住民に対する帝国の暴力に抵抗しつつも、自らのなかに帝国との共犯性を見出していく。一方『恥辱』では五〇代の白人教師デイヴィッド・ルーリーが、女学生メラニーにハラスメントで訴えられ免職となり、東ケープ州で小農園を営む娘ルーシーのもとに身を寄せる。そこで三人の黒人男性による襲撃を受け、ルーシーがレイプされ妊娠する。このように『夷狄を待ちながら』と『恥辱』は物語の内容においてもまったく異なるのであり、一見、接点がない。

実際これまでのところ、この二作品は互いに関連のない別個の作品として読まれてきた。(4) しかし『夷狄を待ちながら』の創作ノートに目を通すと、両作品が実は同じルーツを持つのだと気づかされる。『夷狄を待ちながら』の創作ノートには一組の男女の姿を描いた構想が記されているのだが、その構想は『夷狄を待ちながら』ばかりではなく『恥辱』にも反映されていると考えられるのだ。(5) むしろ『恥辱』の方が直接的に、その構想につながっているとさえいえる。本章の目的はまず、これまで別個の作品として扱われてきたこの二作品の関係性を鮮明にすることにある。実際『夷狄を待ちながら』の初期構想を共有する両作品には、物語の構造やモチーフに反復が見出される。ただし時間の経過とともにその反復は変奏されていく。したがってこの視点に立てば、二作は続編関係にあると捉えることが可能だ。

具体的にはまず、『夷狄を待ちながら』の創作ノートに記された初期構想を仔細に検討する。次に、それぞれの作品における初期構想の反映を見ていく。さらに両作品における反復性および継続性に注目し、二作品の関係性から生じる作品の意味を探求する。

1 『夷狄を待ちながら』の創作ノートに記された初期構想

“Waiting for the Barbarians”(「夷狄を待ちながら」)の表書きがある創作ノートは二冊存在している。その一冊目の一ページ目、一九七七年七月一一日のメモには次のように記されている。

時：南アフリカにおける革命戦争のさなか（戦争は終始背景に残る）。場所：島の一時滞在キャンプ。外国人はそこで国外輸送を待つ――ロベン島、旧刑務所は今やくたびれたホテルで、小型船が日々、必需品を運び入れている。飛行機は飛んでいない（燃料補給設備なし。北は極めて危険）。

（*WFB* NB1, 11 July 1977）

ここでは革命戦争中の南アフリカが舞台として設定されている。だから『夷狄を待ちながら』が、当初は南アフリカの物語として出発したことがわかる。そしてこうした舞台背景のもとで、一組の男女の物語が展開する。この男女は英国への脱出を目指している。彼らは船を待つ一時滞在キャンプで出会い、関係を持つようになる。男は五〇歳で、女は二一、二歳。男は学者で、コンスタンティノープル陥落の物語の翻訳編集に従事している。女は夫と離別、もしくは死別した状況にある。男は女に対する感情を愛だと思い込み、女の意思や感情を思いやることなく性的関係を繰り返し求めるようになる。やがて舞台はロンドンへ移動。ロンドンにおいても男の女に対する態度は変わらない。むしろエスカレートして、男は常軌を逸したような激しい性的関係を女に求めるようになる。女は自殺する。男は女の死後、空き部屋となった女の部屋に移り住む。

以上が『夷狄を待ちながら』の創作ノート第一日目のメモの概要だ。こののちノートには度重なる変更や新たなアイディアが日々書き込まれていく。したがって一貫した物語の筋が記されているわけではない。けれども前述の男女に関わる一連のメモの内容は、完成版『夷狄を待ちながら』と『恥辱』の双方に反映されていると考えられる。続けて創作ノートの男女の姿をもう少し追ってみよう。

あるとき男は自分が愛だと思っていたものが、実は「執着」だったと悟る。ノートにはこの「執着」について、次のように記されている。「初めて彼は彼女の体を享受し、それが彼の人生においてまさに最後のことかもしれないと実感できる。すなわち彼はここで、それが執着だと認識する」(*WFB* NB1, 17 July 1977)。つまり終末への意識が彼女への執着を生じさせているようだ。男はまた、不特定な女たちとの行きずりの関係を求めて本土の町をさまよう。その原動力も同様の意識にあるようだ。続けてノートを見てみよう。「彼の人生の段階:彼は官能の限界を探求している。抑制が効かず、それが彼を本土に連れ戻す――彼は女を求めている。そしてこの先ロンドンでは、このことが彼女をひどく怖がらせる」(*WFB* NB1, 23 July 1977)。

男は終末の意識に駆り立てられるように、激しい性的関係にのめり込んでいくようだ。ただしこうした男の状況は、彼個人の領域に留まる問題ではなさそうだ。別のメモに「彼はおびえたサディストではない。〔……〕しかし共和国の末期が生み出した、生命力の探求者なのだ。文字どおり世紀末の書」(*WFB* NB1, 25 July 1977)とある。男の行動は、共和国の終末に関わっているようだ。さらに「世紀末の書」とあることから、男がコンスタンティノープル陥落の物語の翻訳編集に携わっていたわけも見えてくる。すなわち終末という共通項を通じて、現実とコンスタンティノープル陥落の物語を往来し得る仕組みが検討されていたのではないか。つまり最初期の構想では一組の男女の関係性を軸に、何層もの終末が描かれようとしていたのではないだろうか。性の終わり、生命の終わり、一国の体制の終わり、そして時代の終わりが互いに関連する形で重ねられ、そうした終わりという死の接近によって性および生命への執着が生まれ、それが他者への暴力につながっていくという構造が、そこに浮かび上がる。いいかえれば、クッツェーはある一つの男女の関係性を、当時の南アフリカの状況、さらには普遍的な暴力の一形態を映し出すものとして、描き出そうとしていたのではないか。

クッツェーは「検閲官の仕事——南アフリカにおける検閲」("The Work of the Censor: Censorship in South Africa") と題したエッセイで、一九七〇年代後半からのアパルトヘイト末期の状況を回顧的に分析している。これは初期構想の男の心理を探る手がかりになる。エッセイのなかでクッツェーは、フロイトのケース・スタディー「自伝的に記述されたパラノイアの一症例に関する精神分析的考察〔シュレーバー〕」を参照している。[6] そしてまず、「パラノイアがパラノイアを引き起こす」と、パラノイアの伝染性に注目し、パラノイアを診断するフロイトにも、またパラノイアをフロイトにさえも見出す彼自身にもパラノイア感染を想定してみせている (*Giving Offense* 198)。

さらにクッツェーは、フロイトの分析対象者であるシュレーバーの主なパラノイアの症状が「世界没落空想」と論じられている点を踏まえて、次のように述べている。

> フロイトは、こうした空想およびパラノイア患者の世界との関わり方における一般的問題を論じつつ、パラノイアの一部は世界からの全般的なリビドー離断であるという説明を支持している。アパルトヘイト末期、南アフリカ白人の心理歴史学において、世界からのリビドー離断は未来を想像することの不能、換言すれば、想像で未来を捉えることの放棄という形をとった。政治的レベルでこうした希望の喪失が最も顕著に表明されたのは、南アフリカ国家およびアフリカにおける西洋キリスト教文明に敵対する勢力による「全面攻撃」という世界没落空想においてであった。その攻撃においては、ありとあらゆる手段、想像を絶するような手段までもが利用されるというのだった。 (*Giving Offense* 198-99)

このようにクッツェーは、アパルトヘイト末期の南アフリカに個人レベル、国家レベルのパラノイア発症を見出している。『夷狄を待ちながら』の創作ノートに記された男の心理は、こうしたクッツェーの認識を踏まえることでより鮮明になるだろう。すなわちアパルトヘイト末期にある国家体制も男自身も、「世界没落空想」に取り憑かれている。男の終末の意識はこうした空想を象徴的に表すものと捉え得る。

ちなみに前述のフロイトの論文によれば、リビドー離断は心的に正常な状況においても起こり得る。したがってパラノイアにおけるリビドー離断において注目すべきは、対象から離断して自由になったリビドーが、その後どこへ向かうのかという点にある。そもそも人間は何かしらにリビドーを向けていなければならない存在であり、正常な場合は即座に対象の代替物を探し求める。これに対しパラノイアの場合、たいていの症例において誇大妄想が見られる。これを踏まえてフロイトは、そのリビドーが「自我のなかに注ぎ込まれ、自我拡大のために利用されている」と考える。これはリビドーの発達におけるより初期の段階、すなわち「自分自身の自我が唯一の性欲対象であったナルシシズムという段階」に再び行き着くことを意味している。そしてそのようにリビドーを自我に注ぐことにより、パラノイア患者は自分が「再び生きていける世界を築きあげる」のだという。つまり妄想を働かせ自我を拡大させた世界を再構築することによって、自身を回復させようとするのである（フロイト「自伝的」一六七―七七）。クッツェーがエッセイに記した「世界没落空想」とは、こうした心理を反映していると考えられるだろうか。

『夷狄を待ちながら』の初期構想に話を戻そう。この初期構想ではすでに見てきたように、ある男女の物語が終末という視点から描き出されている。ただし、ほぼ同じ男女の物語を「フィクション」の視点から記したもう一つ別のパターンも存在する。このパターンにおいて男は女に対する欲望を、以下のようにフィクション世界のなかで経験するのである。

彼は、彼女への欲望がどうであるかを味わいつつ、横たわっている。例によって(これが彼の病的なところだが)、彼は頭のなかでそのすべてを経験して、もう一方の端から出てくることができる。〔……〕ゆえに彼の状態について別のいい方をするならば、彼にはフィクション(想像)で十分なのだ。しかし依然として、彼にはそれが嘘だという感覚がある。(*WFB* NB1, 28 July 1977)

ここにもフロイトのパラノイア分析を当てはめることができるかもしれない。すなわち、パラノイアに感染した男のリビドーは自我に向き、妄想により外界を再構築するのである。そしてこののち男は性的関係を求めてケープタウンを彷徨する。[7] クッツェーは男のこうした行動について「それもまたリアリティーの実験なのだ」(*WFB* NB1, 28 July 1977)と書き添えている。

つまり男はフィクションの世界に安住しているが、一方には「それが嘘だという感覚」があり、「リアリティーの実験」を行うようだ。そして男は性を通じてこの実験を行う。終末に視点を置いた前述の構想において、男の性への執着は生命力の探求でもあり、性と生が分かち難く結びついていた。であれば性を通じて行われる「リアリティーの実験」とは、やはり生の感触を探るものと推察し得る。[8] 裏を返せば「嘘」とは、フィクションそれ自体を指すのか、フィクションの完成度を指すのかは定かではないが、いずれにしても生の感触の欠如と捉え得る。ここに終末とフィクションという二つの視点の重なりが見えてくる。すなわちどちらも死の接近により、性および生への執着が生じるのである。さらにいえば、それが他者への暴力につながっていくという点も共通している。フィクションに視点を置いた構想においても、女は自殺へと追いやられていくのである。メモの続きを見てみよう。

しかし彼女の影響により彼は絶望を味わう。おそらく彼は何かを欠いているのだ。彼は彼女を追い求める。しかし彼女には彼女自身の問題がある（何か？）。彼が彼女を通じて試みる官能的かつ形而上学的な探求は、彼女を憂鬱にする。彼女は自分が存在していないと感じる。彼女は命を絶つ（なぜ？）。

彼は彼女の部屋に移り住み、死、すなわち最後のリアリティーの探究を始める。

（*WFB* NB1, 28 July 1977）

男は依然として自らが再構築したフィクション世界に留まり、それゆえ女は自分が存在していないかのように感じるのだろうか。女の自殺は、そうした男の視野を具現するかのようだ。

さて、以上のように『夷狄を待ちながら』の創作ノートには男が女を死に追いやるという構想が、終末とフィクションという二つの視点から記されている。そしてこれら二つの視点は、完成版の『夷狄を待ちながら』および『恥辱』の双方に見出し得る。では『夷狄を待ちながら』の初期構想は、両作において具体的にどのように展開しているのだろう。次にその点を見ていこう。

2 『夷狄を待ちながら』の初期構想と完成版『夷狄を待ちながら』

完成版『夷狄を待ちながら』については本書第一章で考察した。したがってここでは初期構想の反映を簡潔に指摘した上で、初期構想からの進路変更に注目する。

完成版『夷狄を待ちながら』ではいうまでもなく、ジョルに象徴される帝国の姿に、初期構想の終末の視点が反映されているだろう。ジョルには、前述のクッツェーのエッセイに表されたパラノイアを想定し得る。すなわち彼は「「全面攻撃」という世界没落空想」に取り憑かれ、不意打ちにおびえて、次々に先住民を拷問にかけていくのだと解釈可能だ。完成版のこうした点には、死の接近がもたらす生への執着と他者への暴力という、初期構想と同じ構造を見出し得る。

では、初期構想のフィクションの視点についてはどうだろう。完成版『夷狄を待ちながら』において、それは主に二つのエピソードに展開している。その一つはジョルが先住民の背中に「敵」と書き、その背中を兵士たちに打擲させるエピソードだ。そこには帝国によるフィクションの創出とその暴力が露呈する。そしてもう一つは、行政長官が夷狄の娘の体に刻まれた拷問の傷痕を読み取ろうとするエピソードである。行政長官が読解を試みる傷痕は、いわば帝国がどのように娘を読解したかを刻みつけたものだ。ここにも同様にフィクションの創出と暴力を見出し得る。すなわち完成版におけるこれらのエピソードには、フィクションを視点にした初期構想の反映を見ることができるだろう(9)。

ただし、ここからは初期構想と異なる点を指摘したい。完成版では、初期構想の男が女に対して行ったように、行政長官が夷狄の娘に性的関係を強要することはない。さらに彼は夷狄の娘の体の傷痕を読もうとするが、結果的には読めない（読まない）ままだ。つまり行政長官は決定的な暴力の遂行者にはなっていないのだといえる。初期構想の男と行政長官の間には明らかに差異が生じている。ここには初期構想からの大きな進路変更を想定し得る。

完成版『夷狄を待ちながら』には、初期構想に一切記されていなかった要素が取り入れられている。その要素とは「拷問」だ。そして拷問は完成版において主要なテーマとなっている。であれば拷問という要素が取り入れられたために、進路変更が生じたのではないか。すなわち終末における生への執着と暴力という軸は維持されながらも、拷問という要素が取り入れられたことによって、初期構想の男の役割は拷問者ジョルと、拷問者の側に属しながら暴力に抵抗する行政長官に二分されたのではないか。ちなみに拷問がこの物語に取り入れられることになった経緯には、スティーヴ・ビコの拷問死の影響を想定し得る。ビコは南アフリカにおいて、黒人が誇りを取り戻すことを呼びかける黒人意識運動の主唱者として活動していた。[10] しかし一九七七年九月、警察官の拷問により獄中で死亡する。[11] これは世界に衝撃を与えた事件であり、クッツェーが多大な関心を寄せていたことについてはアトウェルの「革命を書く」に詳しい（Attwell, *Life* 81-104）。またクッツェーの『夷狄を待ちながら』の創作ノートにもビコの名前が数度、記されている。[12] その一つには「この物語とビコの事件との関係、事件から得たこの物語へのインスピレーションを明確にしなければならない」（*WFB* NB1, 25 July 1978）とあり、クッツェーが何らかの形でビコの事件を取り入れようとしていた様子が伝わってくる。

『夷狄を待ちながら』に話を戻そう。おそらくはビコの事件をきっかけとして、拷問を実施するジョルが登場することになり、その一方で行政長官は、自ら暴力を振るうことはないものの、自身の内面にジョルと同様の暴力性を認識していく「良心の男」(Coetzee, *Doubling* 363) となったのではないか。いわば初期構想の男の役割は二分され、その暴力的な側面はジョルに、思索的な側面は行政長官に受け継がれているように見える。完成版『夷狄を待ちながら』では一人の人物が二分された痕跡を示すかのように、行政長官がジョルとの同一性を次のように語っている。

私は自分でそう思いたかったようにはあの冷酷で厳格なジョル大佐の、寛容で享楽的な対極ではなかった。私は帝国が安泰なときに自らにつく嘘だったのであり、彼は過酷な風の吹くときに帝国が語る真実だった。帝国支配の二面であり、それ以上でもそれ以下でもない。(133)

そして、行政長官とジョルとの同一性が認識されていくこうした過程には、第一章末尾に掲げたレヴィンの言葉にある「我々一人一人の内に潜む獣性の探究」を見出すことができるだろう。

さらに完成版には、フィクションの暴力性ばかりではなく、フィクションの肯定的側面も描き出されている。一つには行政長官が見る少女の夢がこれに当たる。夢は行政長官が無意識のうちに作り出すフィクションと捉え得る。そしてすでに見てきたように、夢は論理では到達できない「正しさ」へと行政長官を導いていくのである。また、行政長官が発掘している木簡のエピソードも、肯定的フィクションに分類し得る。木簡は遠い過去に滅びた文明の遺産であるらしく、そこには解読不能な文字が綴られている。行政長官はこの解読不能な文字から、ジョルに抵抗するための夷狄の物語を作り上げる(108-09)。そこには読解の恣意性と同時に、かつて存在した人々に新たな生を吹き込む行為を読み込み得る。すなわち完成版『夷狄を待ちながら』には、二通りのフィクションを発見することができる。他者に死をもたらすフィクションと生をもたらすフィクションだ。

さて、以上のように完成版『夷狄を待ちながら』では、初期構想の二つの視点が確認できるとともに進路変更をも見出し得る。では『恥辱』においてはどうだろう。次に初期構想と『恥辱』の関わりを考察する。

3　『夷狄を待ちながら』の初期構想と『恥辱』

『夷狄を待ちながら』の創作ノートに記された男女をめぐる初期構想はまた、約二〇年後に発表された『恥辱』にも反映されている。むしろ拷問という新たな要素が加えられた『夷狄を待ちながら』よりも、『恥辱』の方が構想に記された男女の原形を色濃く残しているように見える。ここではそうした『夷狄を待ちながら』の初期構想の痕跡を『恥辱』のなかにたどっていく。

『夷狄を待ちながら』の初期構想が、完成版『夷狄を待ちながら』よりも直接的に『恥辱』に反映されていると考えられる点は、まず物語の男女の設定に見出し得る。『恥辱』の前半、大学教師であるデイヴィッドは、学生のメラニーに対し執拗に性的関係を求める。完成版『夷狄を待ちながら』では、行政長官と夷狄の娘の年齢が定かではないが、『恥辱』ではデイヴィッドは五二、三歳、メラニーは二〇歳と具体的な年齢が提示されている。そしてこの二人の年齢は、初期構想の男女とほぼ同じだ。またデイヴィッドが大学教師である点も、学者である初期構想の男に行政長官よりも近い。さらに完成版『夷狄を待ちながら』の行政長官は夷狄の娘に性的関係を強要することはないが、『恥辱』のデイヴィッドはメラニーを半ば強引に性的関係に引きずり込み、レイプまがいの行為に及ぶ。このときデイヴィッドがメラニーの立場を思いやることはない。したがって男が女を思いやることなく関係を求めるという初期構想の大筋もまた、完成版『夷狄を待ちながら』よりもむしろ『恥辱』にその反映を見出し得る。

初期構想では、男女の関係性が「終末」と「フィクション」という二つの視点から記されていた。では、まず『恥辱』における「終末」について検討してみよう。『夷狄を待ちながら』の初期構想の男は、「人生においてまさに最後」という意識から女に執着する。『恥辱』のデイヴィッドも初期構想の男とほぼ同年齢であり、物語を通じて自分の老いに意識的だ。したがって彼のメラニーへの激しい執着は、一つには彼自身の年齢的な終末感から来ているものと想定し得る。

ただし彼の終末感は、必ずしも年齢にのみ根差したものではなさそうだ。デイヴィッドは、「かつては近現代語の教授だったが、古典および近現代語学科が大合理化政策の一環で閉鎖されて以来、コミュニケーション学科の特任教授」を勤めている。教師の士気を保つために専門分野の講座を一講座にかぎり受け持つことが許されており、今年度デイヴィッドはその一講座でロマン派詩人の講義を行っているが、それ以外はコミュニケーション・スキルを教えているといった状況にある[13]（3）。すなわち彼の社会的地盤にも、終末の様相が影を落とし始めているように見える。

ちなみにクッツェーには南アフリカの大学にかぎらず、同様の変化が世界的なスケールで起きているという認識があるようだ。ポール・オースターへの書簡のなかで、彼は芸術の役割の変化に言及し、一九七〇年代末期もしくは一九八〇年代初頭に、政治的、経済的、あるいは世界史的な性質をもった何かが起こり始め、その結果、芸術は我々の内面生活における指導的役割を放棄してしまったのだという見解を示している。そして、その「何か」の分析は今後行うつもりであるとしながら、「それでもやはり作家や芸術家たちは、自分たちの指導的役割に向けられた挑戦に対する抵抗に全面的に失敗し、その失敗のために我々は今日、一層貧しくなってしまったのだと感じている」(Auster and Coetzee 98)とこの書簡を結んでいる。クッツェーは芸術の役割が、社会のなかで周縁化されていく様子を痛切に感じ取っているようだ。そして『恥辱』のデイヴィッドは、大学における降格や専門領域の学科の閉鎖を通じて、こうした変化に伴う現実的な打撃をもろに受けている人物である。しかも彼はアパルトヘイト後の南アフリカにおいて白人文化を担っているのだ。彼の地盤にはより差し迫った終末の様相を想定し得る。すなわち身体的な老いとともにデイヴィッドの社会的状況もまた、彼の終末感を煽《あお》り立てているのである。

こうした状況のなかでデイヴィッドはメラニーへの執着を募らせていく。彼は女優を目指すメラニーの舞台稽古を秘かに見に行き、次のように語る。なお『恥辱』はデイヴィッドの意識のなかに置かれている物語だが、デイヴィッドは「彼」と三人称で表されている。(14)

まもなく彼「デイヴィッド」も仲間入りになるような老人たち、染みだらけのレインコートにひび割れた入れ歯、毛のはえた耳穴という姿の放浪者や浮浪者たち。皆、かつてはまっすぐに伸びた手足と澄んだ目をした神の子らだった。感覚の甘美な饗宴の場で、自分たちの席に最後までしがみついていたからといって、だれを責められようか。(24)

終末の意識がメラニーへの執着につながっていく様子が、ここに描き出されているだろう。つまりデイヴィッドは饗宴の「席」に居座ろうとしている。そして彼はこの直後に、メラニーに対してレイプとも呼び得る行為に及ぶのである。

これほど直截に語られているわけではないが、さらにデイヴィッドがワーズワス講義を行う場面において、メラニーに対する彼の執着のあり方をより詳しく検討し得る。この講義にはメラニーが学生として出席しており、デイヴィッドは彼女を意識しながら授業を進めている。講義のなかで、彼はまず、ワーズワスの『序曲』(*The Prelude*)の第六巻より数行を読み上げる。[15] それはワーズワスがアルプスを訪れ、それまで彼が思い描いてきた生き生きした山の姿とはかけ離れた現実のモンブランを目の当たりにして落胆する場面だ。デイヴィッドはこの場面について「問題は、いかに我々が想像を現実の猛攻撃から守り、それを純粋に保ち得るかではない。問うべきは、その二つが共存する道を我々が見出し得るか、なのだ」と述べ、説明を加えるため「五九九行」を見るように指示する(22)。

ただし五九九行前後の内容は、モンブランの場面と直接的に結びついているわけではない。五九九行前後にワーズワスが書いているのは、想像の絶大な力についてだ。[16] スティーヴン・ギルによれば、ここで想像とは「意識を簒奪《さんだつ》する力」である。すなわち想像は凄まじい力でワーズワスの意識を奪い去り、その上で彼を不可視の世界へと誘う。そして、こうした想像の訪れのなかにワーズワスは「真の崇高」を見出すのだとギルは述べている(Gill 71)。

一方デイヴィッドは想像の力には一切言及しない。彼は、五九九行から六〇二行にかけての「簒奪のかような力において、感覚の光が消え去り、だが閃光が目に見えざる世界を開示するとき」という詩の内容を巧妙に取り入れながら、次のように説明するのである。[17]「感覚器官が力の限界に達するとき、その光は消え始める。しかし消滅のその瞬間、その光は最後にもう一度(one last time)、蠟燭の炎のようにぱっと燃え上がり、目には見えない世界を垣間見せてくれる」(22; 強調は筆者)。すなわちワーズワスの詩では「想像」による簒奪が起こると同時に、不可視の世界を啓示する輝きがもたらされるのだが、デイヴィッドの解釈では感覚器官に限界が近づき、光が今にも消えそうになったとき、最後にもう一度その光が燃え上がるのだ。明らかに詩の内容をずらした解釈を行っている。

　デイヴィッドの解釈が詩の内容と嚙み合わないのであれば、いったい彼はここで何を語っているのだろう。答えのヒントは、こののちメラニーが彼の住居に押しかけてくる場面にある。メラニーが当座の同居を申し入れると、二人の関係がスキャンダルに発展する恐れを感じながらも、彼は「感覚の炎が消え去る前の最後の閃き」（27）と考え、メラニーの同居を受け入れるのだ。これは彼の『序曲』の解釈と重なる内容だ。つまり彼の『序曲』の解釈は、メラニーとの関係を推し進めようとするデイヴィッドの心境を語るものであったとわかる。老いを強く意識しているデイヴィッドの「感覚器官」の「光は消え始め」ているが、彼はその炎をメラニーとの関係において「最後にもう一度」、「燃え上が」らせようとしているのである。

　デイヴィッドの『序曲』の解釈がメラニーとの関係を語っていることは、『恥辱』の草稿を見ることでさらに明らかになる。前掲のデイヴィッドの解釈には「最後にもう一度（one last time）」というフレーズが含まれている。草稿では同じフレーズが以下のように用いられている。

> 世界中で起きていることだ、と彼は思う。男たちは最後にもう一度（one last time）、頭に血を上らせる。最後にもう一度、神よ（One last time, Lord）、と彼らは心のなかでいう。最後にもう一度（one last time）、私に愛を知らしめてください。死の床でその甘美なことを思い出せるように。
>
> （*Disgrace* PD, 17 April 1996; 下線の強調は原文）

この草稿における恋愛対象もメラニーだ。「最後にもう一度」はここで三度繰り返され、しかもその一つは強調されている。完成版『恥辱』においてこのフレーズは、一見、メラニーとは関連なく導入されているように見えるが、草稿を見ればメラニーに関連がないとは考えにくい。「最後にもう一度」とは、デイヴィッドの終末への意識とメラニーへの執着を同時に浮かび上がらせるフレーズなのである。草稿にはまた、「ただ一度の人生、だから精一杯生きる。しかし同時に、まもなく終わるただ一度の人生だ。もうやっては来ないだろう、この欲望も、この愛も。彼女のあとには、メラーニ〔原文のママ〕のあとには、ほかの誰もいない。最後のチャンス」(*Disgrace* PD, 29 April 1996)とあり、終末の意識から執着が生じている様子がより明確に表されている。[18] すなわち完成版のデイヴィッドは『序曲』の解釈のなかに、終末の意識からくるメラニーへの執着を巧妙に潜り込ませているのだと考えられる。さらにいえば、メラニーへの欲望をワーズワスに結びつけることによって、彼は自分の欲望を正当化し得るのだとも考えられる。いずれにせよ、ここには『夷狄を待ちながら』の初期構想における、終末の視点を見出すことができる。

ではもう一方の、フィクションの視点はどうか。『恥辱』では『夷狄を待ちながら』ほど、明瞭な形でフィクションの視点が打ち出されているわけではない。しかしその一方で、デイヴィッドが時代に応じて変化できない――彼自身のフィクションから抜け出ることができない――という点において、水面下ではフィクションの問題が全編を通じて展開しているだろう。ただし前述のワーズワス講義の場面には、終末の意識が示唆されているだけではなく、フィクションの視点も打ち出されている。

前述のように、『序曲』第六巻のモンブランに失望する場面について、デイヴィッドはまず、「想像」と「現実」の「二つが共存する道を我々が見出し得るか」が問題だと語っている。そしてこのあと、彼はワーズワスが「純粋な観念」と「視覚イメージ」の「バランス」に向かって進んでいるように見えるという解釈を展開していく(22)。つまり「想像」を「純粋な観念」に、「現実」を「視覚イメージ」に、「共存する道」を「バランス」に置きかえ、同様の主張を繰り返すのである。こうしたデイヴィッドの置きかえは、彼がワーズワスの解釈を彼の関心事であるメラニーとの関係に沿ってずらしていく過程にあり、解釈の恣意性を映し出している。そしてこのあと、デイヴィッドのワーズワス解釈がメラニーに対する彼の心境を表していることが、いよいよ鮮明になっていく。

デイヴィッドは学生たち、とりわけメラニーの関心を引こうと、次のように自分の解釈を噛み砕いてみせるのだ。

「恋みたいなものだ。〔……〕もし目が見えなかったら、そもそも君たちはほとんど恋に落ちたりしなかっただろう。しかし、では視覚器官の冷徹な鮮明さでもって愛する人を見つめたいと、君たちは本気で望むだろうか。ヴェールをかけて見つめることが得策なのではないかな。彼女を女神のような原型の姿に留めておくためには」 (22)

授業を通じてデイヴィッドはメラニーを強く意識している。そしてこの発言の直後に、彼はメラニーとの情事の「記憶」を反芻する[19](23)。デイヴィッド自身が「ワーズワスにはほとんど書かれていない話だ」(22)と自覚するとおり、この発言はもはやワーズワスの解釈ではない。デイヴィッドがここで暗に述べているのはまず視覚の重要さ、つまり彼にとってメラニーの容姿が重要だということ、しかしそれでも彼女の現実の姿に完全に満足がいくわけではなく、彼女の容姿を借りながら、同時に彼自身の女神像を彼女に投影しているということだろう。先のデイヴィッドの解釈に戻れば、「現実／視覚イメージ」のメラニーに、「想像／純粋な観念」を駆使してより理想的な姿を投影しつつ、その二つの「共存する道／バランス」を探ることが、彼の目指すところなのだ。端的にいえば、デイヴィッドがメラニーを愛するためには、現実的な彼女の姿かちある程度目を逸らさなければならないのである。ここに『夷狄を待ちながら』の初期構想におけるフィクションの視点を見出し得る。すなわち理想の姿を投影するという意味において、デイヴィッドはメラニーに対してフィクション化を行っているといえるだろう。

ちなみに『恥辱』の草稿には、メラニーに対するデイヴィッドの態度が断片的に次のように記されてもいる。「彼は彼女に夢中になっているが、彼女に興味はない。つまり彼は彼女への欲望に、彼女の名を冠した夢のなかの姿に夢中になっているのだ」（*Disgrace* PD, 15 May 1996）。完成版ではここまで露骨にデイヴィッドの心境が明かされることはない。しかし何よりも相手の容姿を問題にし、さらにある程度目を逸らすことを提案するデイヴィッドは、おそらくこの草稿と同様の心境にあるのだと推察される。

フィクションの視点に関連してさらにいえば、デイヴィッドはこの講義の末尾で、ワーズワス的啓示の瞬間を求めてヨーロッパ・アルプスの代わりに南アフリカのドラケンスバーグやテーブルマウンテンに登ることを提案する。そして次のように講義を締めくくる。「しかしそうした〔ワーズワス的啓示の〕瞬間は、我々が自らの内に抱えた想像の偉大なる原型に半ば目を向けないかぎり、訪れることはないだろう」（23）。ここでデイヴィッドはワーズワスに話を戻しながら、半ば現実、半ば想像世界に目を向ける必要性を繰り返している。いわば南アフリカのフィクション化を、彼は提案するのである。[20]

ところで『夷狄を待ちながら』の初期構想では女が自殺する。自殺の理由が明確に記されているわけではないが、男の終末の意識およびフィクションの暴力が、女を死に追いやるようだ。一方、『恥辱』でメラニーが自殺することはない。この点は完成版『夷狄を待ちながら』の夷狄の娘も同様だ。けれども初期構想に記されていた女の死は、どちらの完成版においても完全に抹消されているわけではないだろう。完成版『夷狄を待ちながら』では、ジョルの拷問により夷狄の娘が体に障害を負う。そして『恥辱』では、さらに鮮明にその痕跡が残されている。

『恥辱』における女の死の痕跡は、二つの点に見出し得る。第一に、メラニーの自殺未遂を仄めかす会話を、デイヴィッドと元妻ロザリンドが交わしている。「うわさによれば、彼女は睡眠薬を飲んだそうね。それは本当なの?」とロザリンドが問い、「睡眠薬のことなど何も知らない。私には作り話のように聞こえるが。誰が睡眠薬のことを君に話したんだ?」(45)とデイヴィッドが問い返す。会話はここで途切れ、メラニーの自殺未遂の真相が明かされることはない。ただし『恥辱』の創作ノートや草稿には、メラニーの自殺未遂がより明確な形で記され、『恥辱』の創作過程において女の死が検討されていたことがわかる。[21]

第二に、デイヴィッドがメラニーに対しレイプまがいの行為に及ぶ場面において、メラニーには次のように死のイメージが重ねられている。「あたかも彼女はその間、体の力を抜き、自分の内側で死んでいようと決めたかのようだった。きつねの顎が喉に食い込んでいくときのうさぎのように」(25)。同様に、デイヴィッドの回想シーンにおいてもメラニーの姿が次のように語られている。「あの娘のアパートにいる自分の姿が脳裏に浮かぶ。〔……〕彼女の上に馬乗りになり、服を剝がしていると、その両腕が死人の腕のようにどさりと落ちる」(89)。このようにデイヴィッドの行為により、メラニーは死のイメージを浮かび上がらせるのである。

ただし痕跡は残されているものの、『夷狄を待ちながら』の初期構想に記されていた女の死の痕跡を認め得るだろう。それどころかどちらの作品においても現実的に女たちが死ぬことはない。それどころかその後、彼女たちはむしろ輝かしい姿で描き出される。『夷狄を待ちながら』では物語終盤、行政長官が、「騎馬隊の先頭に立ち、鞍の上に背を伸ばし、目を輝かせ、先駆となり、案内者となって、仲間たちに彼女がかつて住んだこの異国の町の方向を差し示しながら、開かれた門を速歩で駆け抜けてくる」夷狄の娘の姿を想像し、「それからはすべてが新しい地盤の上に立つことになる」と話す（149）。一方『恥辱』では、メラニーが栄光の意味を含む「グロリア」（191）という役名で舞台に立ち、観客を沸かせる。[22] すなわちクッツェーは両完成版において、男にもたらされた死の影をはねのけ、力強く生きていく女性たちのイメージを、希薄な形ではあるが、あたかも希望を紡ぐように描き出してみせるのである。

ところですでに見てきたように、完成版『夷狄を待ちながら』には、温厚な行政長官の内部に、暴力の遂行者ジョルと同様の暴力性が認識されていくという構図がある。この構図は『恥辱』にも受け継がれているようだ。前述のようにデイヴィッドがメラニーに対してレイプに等しい行為に及ぶとき、メラニーには死のイメージが重ねられる。しかし現実的にはデイヴィッドの暴力性は不鮮明だ。アトリッジは、「メラニーが［デイヴィッドの］行為に耐えたときの心底、不本意な様子から、これをレイプと呼ばずにいるのは困難だ」としつつも、メラニーが積極的にセックスに参加する場面もあることを踏まえると判断は難しいと述べている（Attridge, *J. M. Coetzee* 187n33）。たしかにデイヴィッドの行為が暴力的であるか否かは判断し難い。ただしデイヴィッドの娘ルーシーは黒人たちにレイプされたのち、デイヴィッドとレイプ犯の境界を取り外してみせる。レイプ犯の行為はあからさまな暴力であり犯罪だが、デイヴィッドがレイプ犯の側にあることを、彼女は次のように仄めかすのである。

「憎悪……。男とセックスのこととなると、デイヴィッド、私にはもう驚くようなことは何もないわ。たぶん男にとっては女を憎んでいるとセックスがより刺激的になる。あなたは男だからわかっているはずね。見知らぬ相手とセックスするとき――彼女を捕らえ、押さえつけ、組み敷き、自分の全体重を彼女にかけるとき――それは少し殺人のようじゃない？　ナイフを挿し入れ、そのあと血まみれの体を残して出ていく――殺人のような感じがしない？　殺人をして逃げおおせるような？」（158）

ルーシーによれば、男であるデイヴィッドはレイプ犯と同様の欲望を持っている。デイヴィッドからレイプまがいの行為を受けたとき、メラニーが死のイメージを浮かび上がらせたことを思えば、ルーシーの発言はデイヴィッドの欲望のあり方をいい当てているのかもしれない。実際、このあとデイヴィッドは、次のように考える。「結局ルーシーの直感が正しいのだ。自分にはわかる。集中すれば、没頭すれば、あの〔レイプの〕場に存在して、あの男たちになり、宿り、自分の霊で彼らを満たすことができる。問題は、女側になる力が自分にあるかどうかだ」（160）。このようにデイヴィッドは、レイプ犯の男たちの感覚を共有し得ることを認め、ルーシーの意見をある程度受け入れるのである。同時に彼はここで、暴力を受ける女性側の立場にはおそらく立てないことを暴露してもいるだろう。すなわち『恥辱』においても、あからさまな暴力と、暴力とは決定し難い暴力性が結びつけられている。そこには暴力の普遍性、また遍在性を発見し得るのである。

以上のように『夷狄を待ちながら』の初期構想は、完成版『夷狄を待ちながら』のみならず『恥辱』にも反映している。その意味において両作品には一定の関係性を想定し得る。実際、二つの作品を並べてみると、

『恥辱』を『夷狄を待ちながら』の反復かつ続編であると捉えることが可能だ。次にその反復と続編であることのシグナルに注目する。

4　反復であり続編であること

『夷狄を待ちながら』と『恥辱』が反復かつ続編関係にあるという位置づけは、行政長官とデイヴィッドそれぞれの、女たちとの関係性から導き出すことができる。完成版『夷狄を待ちながら』で、行政長官は主に三人の女たちと関係を持つ。夷狄の娘のほかには、スターと呼ばれる娼婦と元料理人のマイだ。他方、『恥辱』においてもデイヴィッドが関係を持つのは、主に三人の女たちである。メラニーのほかにはソラヤという名前で働く娼婦と、動物のためのクリニックを運営するベヴ・ショウだ。ジョルおよび行政長官と夷狄の娘、またデイヴィッドとメラニーの関係には、すでに見てきたとおり『夷狄を待ちながら』の初期構想の男女関係が反映されている。その意味において、この二組にはすでに反復性を見出し得る。ではその他の女性たちとの関係についてはどうだろう。ここでは夷狄の娘とメラニー以外の女性たちとの関係について考察する。

まず娼婦たち、すなわち完成版『夷狄を待ちながら』のスターおよび『恥辱』のソラヤに注目してみよう。行政長官とスターの関係と、デイヴィッドとソラヤの関係は、驚くほど似ている。たとえばどちらの作品においても、娼婦とのつき合いは一年ほどだ。行政長官もデイヴィッドも穏やかな愛情を娼婦に抱き、小さなプレゼントを贈ることを楽しんでいる。そして二人とも顧客という立場を超えて娼婦とつき合うことを考えてみるが、これを実行に移すことはない。また行政長官もデイヴィッドも、娼婦たちが彼らにとって好ましい女を演じていることに気づいている。行政長官はスターを彼に勧めた友人から「全部演技さ、もちろん。〔……〕ただ彼女の場合、自分の演じている役を信じているところが違う」と告げられていて、当初から彼女の振る舞いを「パフォーマンス」と見做している(45)。デイヴィッドの方もソラヤについて、「おそらくほかの男といるときには、別の女になる。*la donna è mobile*(女は移り気)」(3)と語っている。[23]すなわち娼婦たちは商売柄、男たちの理想の女を演じているのであり、男たちもそのことを了解している。

しかしそれでもなお、行政長官もデイヴィッドも娼婦たちとの関係に双方向の愛情を想定している。どちらの作品においても娼婦たちの意識には接近できない。したがって彼女たちが実際、どのような感情を男たちに抱いていたのかは知る由《よし》がない。ただしどちらも、娼婦たちとの関係はあっけない幕切れを迎える。このことは男たちが想定していた愛情もまた、おそらくは演技以上のものではなかったことを示唆しているだろう。『夷狄を待ちながら』において、スターは行政長官に別れも告げず、ボーイフレンドと町を去る。他方『恥辱』では、二人の息子を連れたソラヤにデイヴィッドが街中で出くわす。そして私生活をのぞかれたソラヤは、その後まもなく彼との契約を終了する。

このように両作品とも娼婦たちとの関係は、娼婦の側からあっさり断たれる。ただ、こうした幕切れに対する反応は、行政長官とデイヴィッドとで異なる。行政長官が素直に現実を受け入れるのに対し、デイヴィッドはなかなか納得できない。彼は探偵を雇ってまでソラヤの居所をつきとめ、電話をかけて彼女を激怒させる。そしてまったく予期していなかった彼女の怒りに驚愕するのである。こうした点からデイヴィッドは、行政長官よりも外部を想像できない人物であること、さらにいえば、外部を想像できないことに意識が及ばない人物であることが想定される。
娼婦が去ったのち、行政長官とデイヴィッドは再び類似した行動をとる。双方とも欲望の断絶を考えるのだ。行政長官は薬草医を訪ねて欲望を断つための処方を請う（146）。他方デイヴィッドは、次のように去勢を思いめぐらす。

何歳で〔……〕オリゲネスは去勢したのだろう？　ことさら優雅な解決法とはいえないが、そもそも年を取ることが優雅な仕事ではないのだ。せめてきれいに片づけておくことだ。そうすれば老人にふさわしい仕事に心を向けることができる。すなわち、死の準備に。（9）

ここで欲望の断絶は、老いや死に向き合おうとする態度であるようだ。性と生が重ね合わせられていたことを思い起こせば、たしかに欲望の断絶と死は容易に結びつく。デイヴィッドは娼婦の演技で成り立っていた虚構の男女関係が剝がれ落ちたのち、少なくとも一度は、老いや死に向き合おうとしたようだ。
以上のように両作品における娼婦との関わりはよく似ている。その意味において、この二作には反復性をまず見出し得る。ただし、両作品における娼婦との関係は反復を表すばかりではない。『恥辱』が『夷狄を待ちながら』の続編と読み得ることを仄めかしてもいる。『夷狄を待ちながら』における行政長官とスターの関わりは物語全体に分散されている。そして彼女が町を去り、行政長官が薬草医を訪ねる場面は物語終盤にある。一方『恥辱』におけるデイヴィッドとソラヤの関わりはすべて物語の冒頭に集約され、デイヴィッドが去勢および死を考えるのも物語冒頭だ。つまり『夷狄を待ちながら』において行政長官が物語を語り終えたところから、デイヴィッドの物語は開始するのである。このことは『恥辱』が『夷狄を待ちながら』のその先の物語、すなわち続編であることを示唆しているだろう。第一章で述べたように、『夷狄を待ちながら』の物語は「死」の暗示のなかで幕を閉じる。であれば『恥辱』はそこから開始するのである。つまり帝国の支配が終わり、自分が属してきた世界に死が与えられた行政長官のその先が、アパルトヘイト後の南アフリカに住む白人デイヴィッドの姿なのだと考えられる。

ちなみに『夷狄を待ちながら』は、雪の降りしきる冬の光景のなかで幕を閉じる。一方『恥辱』の創作ノートを見ると、完成版のタイトルがさまざまに検討されているのだが、そのなかに「DL〔デイヴィッド・ルーリー〕:「私は私自身の冬に入りつつある」／タイトルのなかに、冬という語」(*Disgrace* NB4, 9 June 1998; 強調は原文における下線部)と記されている。また「冬へ(Winterwards)」(*Disgrace* NB4, 3 July 1998)が、タイトルに含まれる言葉の候補に上がっていたようでもある。[24] つまりクッツェーは『恥辱』のタイトルに、冬を表す語を用いることを検討していた。この点からも『恥辱』は、雪の光景で幕が降りる『夷狄を待ちながら』のその先の物語であることが想定される。すなわち『恥辱』冒頭に集約されたデイヴィッドと娼婦の関係は、『夷狄を待ちながら』における行政長官の死の世界を引き継ぐシグナルと捉え得るのである。

次に、娼婦ではない方の女たち、すなわち『夷狄を待ちながら』においては元料理人のマイ、『恥辱』においては動物のクリニックを運営しているベヴとの関係に注目してみよう。行政長官とマイ、デイヴィッドとベヴの関係にも、娼婦たちとの関係同様、類似性が見られる。第一に、マイとベヴはどちらも性的な魅力に乏しい女たちだ。そして行政長官およびデイヴィッドが彼女たちと関係を持つのは、ほかの女たちが去り、さらに彼らが欲望の除去を考えたあとだ。行政長官はマイとの関係を開始するとき、「何もかも終わりに近づいている。できるかぎり生きなければ」(147)と話す。つまりこうした関係が死の接近における無力の抵抗であることが仄めかされている。彼らが彼女たちと分かち合うのは、もはや欲望も情熱も介在しない索漠とした関係だ。『夷狄を待ちながら』の行政長官は、マイとの関係のクライマックスを「遥か彼方の、かすかな、どこか世界の別の場所で起きた小さな地震」(147)や「遥か遠い海上で打ち出され、たちまち消えてしまう火花」(148)にたとえてそのはかなさを表す。一方『恥辱』のデイヴィッドはベヴと最初の関係を持ったのち、「二人の交渉についていえば、少なくとも彼は自分の義務を果たしたといえる。情熱はないが、かといって嫌悪感もなく」(150)と語る。理想の女性像とかけ離れた彼女たちとの関係には幻想が生じる隙もなく、むしろ終末の現実が映し出されるのである。『恥辱』において動物を安楽死させているベヴは、「私たちに死ぬ用意ができているとは思えません。私たちの誰にも、エスコートなしには」(84)とデイヴィッドに語る。実際、彼女は動物ばかりではなく、デイヴィッドに対しても死への「エスコート」役を果たしているようにも見える。

マイやベヴとの関係は、どちらの作品においてもこれといった別れの場面を迎えることもなく消滅する。『夷狄を待ちながら』において行政長官とマイの関係は物語終盤、娼婦の去ったあとに描かれ、この関係が終わるとまもなく、行政長官が死のような世界を受容しているように見える場面で物語が幕を閉じる。一方『恥辱』のデイヴィッドとベヴの関係は物語の後半に描かれ、デイヴィッドが娘の小農園を出てケープタウンに向かう直前に終わるともなく終わる。その後二人は「見知らぬ者同士のようにぎこちなく」(209)再会するものの、これ以降、物語に二人の関係が書き込まれることはない。この出発がデイヴィッドの死の受容とも捉え得る点については次章で述べる。すなわち行政長官とマイ、デイヴィッドとベヴの関係は、死の受容の一つ手前で起こる、いわば死の受け入れの合図のように見える。

以上のように両作品を並べてみると、行政長官とデイヴィッドの女たちとの関係には類似性を指摘し得る。『夷狄を待ちながら』の初期構想の反映が見られる夷狄の娘とメラニーばかりではなく、スターとソラヤ、またマイとベヴにも類似する要素が複数、盛り込まれている。そしてこうした女たちとの関係を軸に、『恥辱』には『夷狄を待ちながら』の反復を発見し得る。さらに娼婦との関係は両作品で、著しく異なる位置に配置されている。これは二つの物語の時間的連続性を示唆するシグナルであると考えられる。すなわち『恥辱』は『夷狄を待ちながら』のその先の物語、いわば続編であるという側面が見えてくるのである。とすれば反復は単純な反復ではなく、時間的推移とともにある反復であるはずだ。次節ではその反復のあり方に注目する。

5 『夷狄を待ちながら』その後

『夷狄を待ちながら』と『恥辱』における三人の女たちとの関係には、前節で見てきたように反復が見出される。そしてこうした女たちとの関係を貫いているのが男たちの死への軌道だ。俯瞰してみれば、この軌道こそが二作における大きな反復といえる。ただしその背後には時間的推移とそれに伴う時代の変化があり、死へ向かう運動は両作に描き出されるが、色彩を違えている。

『夷狄を待ちながら』の初期構想において、男の老いは背後にある体制の崩壊を映し出す装置でもあった。いいかえれば、終末という視点によって、男と体制に双方向性を見出すことができた。同様に、完成版『夷狄を待ちながら』においても、行政長官の老いと帝国支配の終焉には双方向性を見出し得る。では『恥辱』の場合はどうだろう。デイヴィッドとその社会的背景の間にも何らかの関係性が敷かれているだろうか。

ジョン・ダウスウェイトはデイヴィッドを「典型的な男性優位主義者であり、おそらくはゆっくりと絶滅に向かいつつある種」とも評している（Douthwaite 136)。またピーター・マクドナルドは、デイヴィッドを「アパルトヘイト後の南アフリカにおける白人コロニアリスト、やはりおそらくは死滅しつつある種」とも評している（Douthwaite 136)。またピーター・マクドナルドは、デイヴィッドを「死に瀕した白人男性」（McDonald 322）と表している。ダウスウェイトもマクドナルドもデイヴィッドに迫る何かしらの死を捉えている。『恥辱』の舞台は、体制がすでに崩壊したのち――『夷狄を待ちながら』において行政長官が自らの世界に死を受容したのち――の世界だ。行政長官のその後がデイヴィッドの姿であるならば、デイヴィッドは自分が属していた世界が失われた場に生きる存在だ。いわばデイヴィッドは過去の世界の生き残りであり、その意味において、ダウスウェイトやマクドナルドが指摘するとおり消滅の運命にあるだろう。物語冒頭でデイヴィッドは自身を「亡霊」(7) と呼んでいる。年齢を重ね女性に振り向かれなくなった自分の姿をそう表すのだが、実際「亡霊」という言葉は、過去の存在である彼の立ち位置をいい当てている。すなわちデイヴィッドと彼が生きる世界に双方向性はなく、むしろ切断されているのである。

そしてこの「亡霊」という立ち位置から、あたかも生を取り戻そうとするかのように、デイヴィッドはメラニーに執着する。そして、潔く死の受容に向かう『夷狄を待ちながら』の行政長官とは異なり、デイヴィッドはなかなか生への執着を断ち切れない。つまり行政長官とデイヴィッドは同様に死へ向かうが、その道筋は大きく異なる。『夷狄を待ちながら』において死への道筋は生から死へのシンプルな一回の運動だ。行政長官は彼自身の暴力性を認識することにより、潔く死を受け入れていく。一方『恥辱』のデイヴィッドは、出発地点においてすでに死の内にあるが、そこから逡巡が始まる。そしてむしろ外部から、死の現実を突きつけられていくのである。つまり『恥辱』に描かれている死への軌道は、『夷狄を待ちながら』のように直線的ではない。いわば行きつ戻りつを繰り返すのだ。デイヴィッドには、行政長官がかすかにしか表明していなかった新たな世界への疑念が感じられる。

前節で述べたように『夷狄を待ちながら』においても『恥辱』においても、温厚な男の内部に潜む暴力性が現実的な暴力と結びつけられる。しかし『恥辱』のデイヴィッドは、『夷狄を待ちながら』の行政長官のように自ら進んで自分自身の暴力性を認識していくわけではない。行政長官が自分自身の暴力と認識するのは彼が属する帝国の暴力である一方で、デイヴィッドは娘のルーシーから黒人のレイプ犯三人と同様の暴力性を指摘される。それはデイヴィッドにとっていわば他者の暴力だ。しかもデイヴィッド自身が被害者でもある。黒人たちの暴力に白人への復讐を想定できても、この暴力を自分自身の暴力として了解し得る糸口は、彼には見出せない。前述のようにルーシーの言葉にデイヴィッドは一定の理解を示す。しかしルーシーが示した男性という大雑把な括りは、デイヴィッド個人が共犯性の認識に至る強い動力にはなり得ない。結局、決定的な自省がデイヴィッドに訪れることはない。しかも『夷狄を待ちながら』では世界の新たな担い手が具体的な姿を現すことはないが、『恥辱』ではレイプ犯を含む黒人たちが、おそらくは新たな担い手の姿なのだ。たとえデイヴィッドが死を受容したとしても、その先の未来を築く他者の姿はあからさまに暴力的なのである。彼らを生かし、自らに死を与える倫理的契機を、デイヴィッドは持ち得ない。結果的にデイヴィッドは生への執着を繰り返す。

つまり『恥辱』では、死を受け入れていく過程が『夷狄を待ちながら』ほど直線的にはなり得ず、『夷狄を待ちながら』よりも濃厚な死の様相を示していながら、生へのエネルギーが生じては死の現実が突きつけられていく。それは死を受容する倫理的契機を見失ったからなのだ。

以上のように『夷狄を待ちながら』の行政長官の死の受容に続くのは、死の内にありながら逡巡するデイヴィッドの姿だ。新たな世界を肯定することはできないが、だからといって過去――行政長官の時代――に戻れるわけでもない。つまり彼には行き場がないのである。ただし、こうした行き場のない状況を、デイヴィッドがむしろ積極的に引き受けているのだとしたらどうだろう。創作ノートのデイヴィッドはルーシーに次のように語っている。

> 彼(ルーシーに):物乞いをし、古着をまとい、貧民窟で暮らすことがもし私にできたなら、真に恥辱を受けたことにはならないだろう。ロマンチックな物乞いのステレオタイプの力は非常に強力だ。恥辱を受けるとは、昔の生活のすみで生き、昔の生活に戻りたいと願いながら拒絶されることだ。身なりをよくしてみたり、少々頑張りすぎたりしながら。
>
> (*Disgrace* NB1, 21 Jan. 1997)

過去、すなわち「昔の生活」を取り戻そうとしては跳ね返される。この姿は先に述べたデイヴィッドの逡巡――生への執着を繰り返しては外部から死の現実を突きつけられる――に重なる。では、こうした行き場のない状況をデイヴィッドが生き続けるのは、「真に恥辱」を引き受けるためだろうか。

完成版『恥辱』には、デイヴィッドが自らの恥辱について語る場面がある。それはメラニーの父親アイザックスと対面する場面だ。デイヴィッドがメラニーとの関係についてアイザックスに謝罪すると、アイザックスはこの件からどんな教訓を学んだのか、神はデイヴィッドに何を欲しているのだろうかと問う。その問いに対し、デイヴィッドは次のように応える。

「普通ならこう答えるでしょう。〔……〕人はある年齢を過ぎたら、教訓を学ぶには遅すぎる。何度も繰り返し罰されるしかないのだと。でもおそらく、それは違う。必ずしもそうとはかぎらない。どうなるか見守っていくつもりです。〔……〕私はお嬢さんとの間に起きたことで罰を受けています。恥辱まみれの状態に陥り、そこから自分を引き上げるのは容易なことではないでしょう。私が拒んできたのは罰ではありません。罰について不平をこぼしてもいません。それどころか私は一日一日それに耐えて生き、恥辱を自分のあり方として受け入れようと努めています。どう思われます？　私が無期限に恥辱にまみれて生きることで、神は良しとされるでしょうか？」

(172)

デイヴィッドは、「無期限に恥辱にまみれて生きる」覚悟をここで示している。であれば彼の逡巡は、非常に複雑な様相を呈することになるだろう。すなわちデイヴィッドは新たな世界の暴力性を目前にして、自らの死を受容する契機を持たず、生への執着を繰り返す。しかしその生とは過去、すなわち行政長官の時代に根差している。それは自らの暴力性を認めざるを得なかった時代である。そうした過去の生を今ここで踏襲しようとすれば、「罰を受ける」ことになるだろう。つまりデイヴィッドは、過去の罪および彼自身の共犯性をよく認識している。しかしその一方で、「教訓を学ぶには遅すぎる」と話していることからも、少なくとも現段階では新たな世界に順応するように自らを変えることができない。そのために「恥辱を自分のあり方として」受容しようとしているのだと考えられる。換言すれば、創作ノートにある「真の恥辱」を選択しようとしているのである。

こうしたデイヴィッドの態度には、著者の加害者意識の反映を想定し得る。たとえば自伝的作品集である『サマータイム、青年時代、少年時代――辺境からの三つの〈自伝〉』（*Scenes from Provincial Life*, 2011）のなかで、ジョン（クッツェー）の元同僚であるマーティンは、彼について次のように語る。

大雑把にいえば、ジョンとぼくは南アフリカに対するスタンス、つまり我々がそこに存在することは不法というスタンスを共有していました。そこにいる抽象的権利、生得権は持っていたかもしれない。しかしその権利の根拠は不正でした。我々の存在は、アパルトヘイトによって永続されることになった犯罪、特に植民地征服に根差していました。「原住の（native）」とか「根づいた（rooted）」といった言葉の逆が何であれ、我々はその逆の言葉こそ、自分たちに当てはまるものと感じていました。私たちは自分たちを短期滞在者、一時居住者と見なし、その意味において故郷も故国もないと考えていたのです。（442）

こうした意識ゆえにジョンは南アフリカを出ていくのであり、それはクッツェーの現実的な移動と重なっている。すなわち加害者意識はクッツェー自身のものでもあるだろう。そして、「真の恥辱」を選択するデイヴィッドもまた、「不正」を認識する人物ではあるのだろう。『恥辱』の創作ノートには、さらに次のように記されている。

白人たちが打ち負かされるまで解放はない。DL〔デイヴィッド・ルーリー〕が受け入れなければならないのは――ルーシーはそれほどでもないが――敗北だ。敗北は身振り以上、象徴以上のものだ。それは体で感受されなければならないし、またそう見えなければならない。

DLは寝ているつもりだった(遅くまで)――彼の腕は震え、老いを感じている。ペトラスが彼を起こす。彼は不平をいう。ペトラス:「俺たちは働かなければならない」。(*Disgrace* NB3, 27 Nov, 1997)

クッツェーが「身振り」や「象徴」を斥け、体で感じられる「敗北」を主張している点に注目がいく。すなわちクッツェーが求めているのは、あらゆる「フィクション」を取り払った敗北の状況なのだと理解し得る。恥辱を引き受けるために「ロマンチックな物乞いのステレオタイプ」であってはならないのと同様、この「敗北」には、幻想が入り込むいかなる隙も許されてはいないのだ。

完成版『夷狄を待ちながら』の行政長官は、帝国の暴力と戦って死を受容するヒーローだ。彼のゴールには輝かしい倫理的勝利がある。ただし行政長官の戦いは、いわば内向きの戦いだ。彼は空白のように感じられる他者とともに生きる必要がなかった。実際、夷狄の娘以外に彼が他者と関わることはほとんどない。最終場面では他者の世界にいるようではあるが、そこで物語の幕が降りる。行政長官がその後、他者の世界でどう生きるのかを知るには、『恥辱』の物語をひも解かなければならない。そこで行政長官はデイヴィッドとなり、ようやく他者の世界で生きることの現実を味わうことになるだろう。『夷狄を待ちながら』の末尾で、行政長官は自らの姿を「とうの昔に道に迷ってしまったのに、おそらくはどこにも通じていないその道を邁進する人」(152)のようだと語る。この先、その道を歩むのがデイヴィッドだ。道に迷ってはいるが、それは懸命な歩みではある。

第三章　現在――父娘のパターン

『恥辱』における父娘の概念は、単純な親子という関係性に収まらない。現実的に血のつながった父娘であるデイヴィッドとルーシーの物語が展開する以前に、ソラヤやメラニーとの関係にも父娘のイメージが重ねられている。つまり男女の関係性が、デイヴィッドの意識のなかで父娘の関係性に読みかえられるのである。ただしここで〝父〟とは家長の意味をも含み込む。そしてデイヴィッドとソラヤ、メラニー、ルーシーの各物語には、ある共通のパターンを見出すことができる。

そのパターンにおいては、第一に、今述べたように男女の関係性が父娘の関係性に読みかえられる。ただし現実的な親子であるルーシーの場合には、逆に父娘の関係が男女あるいは夫婦の関係に読みかえられる。変則的ではあるが、切れ目のない父娘と男女の関係性という意味においては他と同様である。第二に、女性との間、もしくは女性の父に当たる人物との間に人種関係が盛り込まれ、それに伴い南アフリカにおける人種差別の歴史が映し出される。第三に、女性たちの現実的な父、もしくは女性たちに対し家長の役割を担い得る人物にデイヴィッドが対峙する。そこには家長の地位をめぐる対決を読み込み得る。そしてデイヴィッドはこうした対決において常に敗れていく。

上記が父娘のパターンである。そしてこのような父娘関係は『恥辱』ばかりでなく、実は『夷狄を待ちながら』にも見出し得る。本章では上記父娘のパターンに基づいて、それぞれの父娘関係に注目する。さらに『恥辱』においては、デイヴィッドの視野と彼の周囲に広がる現実世界とのずれを確認し、彼が父の座を明け渡していく経緯を見つめる。

1 『恥辱』以前——『夷狄を待ちながら』の創作ノートおよび『夷狄を待ちながら』における父娘関係

『恥辱』では、物語の三分の一が過ぎるころにようやくルーシーが登場し、明瞭な形で父娘関係が浮上することになる。ただし父娘という関係性への意識は、実は『恥辱』全体を貫いている。また、それは『恥辱』に始まるわけでもない。前章では『夷狄を待ちながら』の創作ノートに記された初期構想の、完成版『夷狄を待ちながら』および『恥辱』への反映に注目したが、父娘という関係性への意識はすでにこの初期構想に見出し得る。さらに完成版『夷狄を待ちながら』にもその意識が垣間見える。ここではまず、『恥辱』にいたる以前の父娘関係を観察する。

まずは『夷狄を待ちながら』の創作ノートに記されている父娘関係に注目してみよう。先の第二章で取り上げた初期構想の男女は、男が五〇歳、女が二一、二歳だ。三〇歳の隔たりがあるこの年齢設定は、すでに父娘関係を暗示している。実際、創作ノート第一日目のメモに、早くも「父」という語が見つかる。前章で述べたように、初期構想の男女はロンドンで再会する。そして男が次第に激しく女を求めるようになる一方で、女は疲弊していく。「父」とはそんな状況のなかで女が求める存在だ。創作ノートには「悪循環が続く。彼は常軌を逸した行為で彼女の生気を呼び起こそうとするが、彼女はますます引きこもっていく。彼女は安定を求めている。結局、彼女は父親を求めている」(*WFB* NB1, 11 July 1977)と記されている。女にとって父とは「安定」をもたらす存在であるらしい。その後、物語の展開が試行錯誤されるなかで、創作ノートには男女関係から父娘関係への変化がたびたび記されている。そして、おそらくは仮タイトルとして『国境警備兵』(*WFB* NB1, 6 Nov. 1977)と記され、構想が刷新されると、創作ノートにはもう一つの父娘の形が書き込まれるようになる。完成版につながる「拷問で死亡した男の娘」(*WFB* NB1, 28 Nov. 1977)が登場するのである。

このように『夷狄を待ちながら』の創作ノートを見ると、その創作段階から父娘関係が強く意識されていたことがわかる。では完成版『夷狄を待ちながら』においてはどうだろう。完成版には創作ノートの「拷問で死亡した男の娘」が登場する。それが夷狄の娘だ。夷狄の娘をめぐる父娘関係は、完成版において非常に希薄な形で表されるに留まっている。ただしそこには父娘のパターンの片鱗を見出すことができる。行政長官は夷狄の娘を彼女の仲間のもとへ送り届けたのち、拷問部屋に監禁される。そこで夷狄の父娘が受けた拷問のシーンを思い描き、次のように考えるのだ。

どこかで、いつも、子どもが叩かれている。年のわりに幼くまだ子どもだった〔夷狄の〕娘のことを思う。その娘はここへ連れ込まれ、父親の目の前で傷《いた》めつけられた。さらに自分の目の前で父親が屈辱を味わわされるのを見つめた。そして彼女が何を見たのか、父親が知っているのを見てとった。〔……〕あのとき以降、彼女には父がいなかった。彼女の父親は自らを滅ぼし、死者となったのだ。それはまさにあのとき、彼女が父に対し自分を閉ざしたあのときだったに違いない。報告にいくらかの真実が含まれているなら、父親が尋問者たちに躍りかかり、彼らを野獣のように爪で引き裂こうとして、ついに棍棒で殴り倒されたのは。

私は〔……〕ほとんど記憶に残っていないあの父親のイメージを呼び起こそうとする。私に描き出せるのはせいぜい父親という名の像に過ぎず、それは子どもが叩かれているのを知りながら、その子を守ることのできないどの父親の像でもあり得る。彼は愛するものに対して、自分の義務を果たすことができない。ゆえに自分が決して許されないことを知っている。父親たちのこうした知、こうした有罪の知は、とうてい彼に耐え切れるものではない。彼が死を望んだのも不思議ではない。

私は娘に保護を与え、私なりのあいまいな形で彼女の父親になってやろうとした。だが私は遅すぎた。彼女はもう父親を信じることをやめていたのだ。私は正しいことをしたかった。私は償いたかった。このまっとうな衝動を私は否定しない。いかにそれ以上の疑わしい動機がそこに入り混じっていたのだとしても。(78-79)(1)

完成版で父娘の関係性が明確に詳しく考察されるのは、この場面だけだ。しかし「彼女の父親」になろうとしたとあることから、行政長官と夷狄の娘の男女関係に父娘関係が重ねられていることがわかる。この点にまず、父娘のパターンにおける一つ目の要素を見出し得る。ただしそれ以前に、ここには実の親子である夷狄の父娘の姿が描かれている。まずはこの父娘に注目してみよう。

夷狄の父娘の間では、父が娘を保護することが父娘双方の暗黙の了解であるようだ。拷問において娘を守れない父親の無力が暴露されると、父親が自らの生を放棄する一方で、娘は「父親を信じることをやめて」いる。このことは娘のそれまでの世界観が崩されたことを示唆しているだろう。このあとさらに、娘について次のように語られている。「それ以来、もはや彼女は人間味の十分にそなわった、われわれ皆の姉妹ではなくなった。ある種の共感が失われ、ある種の心の活動が彼女にはもはや不可能なものになった」(79)。絶対的な存在であるはずの父というよりどころを失ったとき、いかに深い衝撃を娘が味わうことになったかがうかがえる。

そして行政長官は「償い」として彼女に「保護」を与え、その実の父に取って代わろうとする。ただし「疑わしい動機」とは、それが純粋な善意に基づくものではないことを仄めかしている。いったいこの不穏な言葉は何を指しているのだろうか。創作ノートに戻ってみると、「これらすべての本に父親像があり、そのすべてにおいてエゴと父親の関係は子どもじみている。この本では黒メガネの男がその父親である」(*WFB* NB1, 22 Aug. 1978) というメモが見つかる。「これらすべての本」が具体的に何を指すのかは不明だが、「この本」の「黒メガネの男」は完成版のジョルになる人物と推察し得る。つまりジョルも父親像を映し出す人物と捉えることができるだろう。前章で見てきたように、完成版『夷狄を待ちながら』ではもとは一人であった人物が、ジョルと行政長官に二分されていると考えられる。すなわちジョルと行政長官は表裏一体なのであり、二人は「帝国支配の二面」(133) であるように、一人の父親の二つの側面であり得る。ではジョルはどのような父親であるだろうか。彼は拷問により夷狄の娘の体に傷痕を刻みつけることで、娘が何者であるかを決定しようとする人物だ。これは娘を自分の従属物として扱おうとする行為といえるだろう。そして行政長官は、こうした行為へ向かうジョルの欲望を、自分もまた共有していることに気がついていく。とすれば彼の「疑わしい動機」とは、そうした娘を従属させることへの欲望を指すものではないか。すなわち行政長官は夷狄の娘に対し、保護を与えると同時に従属を求める〝父〟なのである。そして父娘のパターンの二つ目の要素にあるとおり、帝国民である行政長官と夷狄の娘は人種が異なるために、この父娘関係は異人種への抑圧と分かち難く結びついている。

さらに父娘のパターンの三つ目の要素、父と父の対峙も、完成版『夷狄を待ちながら』のなかに見出し得る。行政長官が夷狄の男たちに娘を戻す場面がこれに当たる。そしてこの場面で、最終的に娘が行政長官ではなく夷狄の男たちを選択する点には、行政長官の父としての敗北を読み取り得るだろう。ただしその一方で、夷狄の男たちは行政長官から銀ののべ棒を取り上げるなど、決して善良な印象を残さない。この点も父娘のパターンに付随する内容として留意したい点である。

以上のように、完成版『夷狄を待ちながら』にも父娘のパターンの三つの要素が認められる。そしてこのパターンは『恥辱』で広範に展開されることになるだろう。ところでこのパターンとは別に、夷狄の父娘間に見出される〝同時に暴力の対象になる父娘〟、〝娘を守れない父親〟といったモチーフもまた、『恥辱』においてさらに拡大した形で取り入れられることになる。『恥辱』ではデイヴィッドとルーシーがともに黒人三人組の暴力にさらされるのである。ただし著しく異なる点が二つある。その一つは父の力を信じていた夷狄の娘とは異なり、娘のルーシーが父からの独立を表明している娘であること、もう一つはデイヴィッドがルーシーへの暴力を目撃していないことである。この相違により同様のモチーフが別の形に変奏されることになる。この点については本章第五節で考察する。

2　ソラヤとその父

『恥辱』において娼婦ソラヤとの関係は、物語冒頭――具体的には『恥辱』の二四のセクションの一つ目――に凝縮されている。この短いソラヤとの関係にまず、希薄な形ではあるが父娘のパターンを見出すことができる。

ソラヤは代理店を通じてデイヴィッドが選び出した娼婦であり、デイヴィッドは毎週木曜日にグリーン・ポイントのマンションの一室で彼女との逢瀬を楽しんでいる(2)。ソラヤの容姿が一通り描き出されると、いかにも唐突に「厳密にいえば彼は彼女の父親の年齢だ。とはいえ厳密にいえば、人は一二歳でも父親になれる」(1)と語られる。すなわちデイヴィッドの意識は、彼自身をソラヤの父に位置づけてみるのだ。「一二歳でも父親になれる」とつけ加えている点には、彼女の父親であり得るという考えを急いで打ち消そうとする気配が感じられる。逆にいえば打ち消すべきだと理解しながら、彼女の父親の地位を望んでいるようでもある。いうまでもなくソラヤは彼が性的な関係を結んでいる相手である。にもかかわらずデイヴィッドが自分を彼女の父親に位置づけてみる理由はどこにあるのだろう。

ソラヤはムスリムであることが明らかにされている(3)。ハビバ・バデルーンは著書『ムスリムについて――奴隷制度からポスト・アパルトヘイトまで』(*Regarding Muslims: From Slavery to Post-Apartheid*)のなかで『恥辱』を取り上げ、次のように書いている。「ソラヤはポストモダン文学によって呼び起こされた穏やかでピクチャレスクな「マレー人」像と見なし得る。さらには彼女を所有するものたちの命令に疑問も抱かず応じる従順な「マレー人」奴隷とさえ見なし得る」(Baderoon 92-93)。ここでマレーとはムスリムを指す。[3]バデルーンはこの著書のなかで一八世紀以来、南アフリカにおいて大衆文化のなかに拡散されてきたムスリムの表象を探究し、「ムスリムは概してエキゾチックに、従順に、静的に描写される。この描写は圧倒的に過去を連想させる」(1)と述べている。ここでバデルーンがいう「過去」とは、ムスリムが南アフリカに奴隷として連れてこられ、奴隷として生きた時代を指す。彼女はムスリムのこうした典型的イメージを「ピクチャレスク」と形容し、そのイメージに隠蔽と可視化を同時に見出し、次のように主張する。[4]

ムスリムは彼らの歴史の決定的要素を消し去る形で可視化されている。ムスリムの描写はそのように、可視性と消去に特徴づけられている。奴隷化されたムスリムのピクチャレスクな肖像は、奴隷制の暴力を消し去る効果を持ち、奴隷の身体が不在の道具となることで、可視性を通じて不可視性の効果を生み出してきた。(156)

すなわち奴隷化の暴力は不可視化される一方で、奴隷を仄めかすピクチャレスクなイメージは可視化される。たとえば「マレー人の洗濯女や料理人、また従順なマレー人男性」のイメージは、「奴隷制のトラウマ」を抹消すると同時に、「婉曲に奴隷制を仄めかすイメージ」であり得る(1)。

そしてバデルーンが問題にするのが、こうした描写を作り出す視線である。彼女は次のように書いている。「ムスリムに対する一定の見方は、彼らを周縁化し不可視化してきた。さらに規範的空間の構築を可能にし、そこでは白さが中心であり、奴隷化、農奴化された人々は周縁化されてきた」(156)。このことは白人が「見る」側の権力を掌握してきたことを意味すると同時に、彼らの視線が対象をそのまま描き出すのではなく、対象がどうあってほしいかを描き出すものであることを示唆しているだろう。すなわち「いかに見るか」は「いかに見たいか」に結びついている。であればピクチャレスクなムスリムのイメージは、奴隷化の暴力は隠蔽しつつも、ムスリムがなお従順な奴隷的存在であることへの欲望を表すものといえる。

　ソラヤに話を戻そう。デイヴィッドは代理店で「エキゾチック」(7)の項目に分類された女性たちのなかからソラヤを選び出している。彼女の性格について彼は、「おとなしくて柔順」(1)、彼の指示にすぐさま応じる「飲み込みの早い学習者、従順で柔軟」(5)と語る。[5]すなわち、これがデイヴィッドの視線が描き出すソラヤの姿、換言すれば、彼が彼女を「いかに見るか」、「いかに見たいか」である。そこにはバデルーンのいう典型的なムスリムの描写、ピクチャレスクなイメージが浮かび上がる。そしてデイヴィッドの視線がバデルーンの指摘するとおり、ソラヤを「従順な「マレー人」奴隷」のように描き出しているとすれば、そこからソラヤの父の座を彼が望む理由を引き出し得る。すなわちデイヴィッドがソラヤの「父」であり得ると思うとき、この父とはカラードの女奴隷を所有する家長のように、ソラヤを所有する人物の姿を指し示しているのではないか。すなわち人種の異なるデイヴィッドとソラヤの男女関係には父娘関係が重ねられており、そこにはソラヤを従属物あるいは所有物のように見なすデイヴィッドの視線が垣間見えるのである。

　しかし、まもなくデイヴィッドの視線と現実との隔たりが明らかになっていく。彼は街中で二人の息子を連れて歩くソラヤを見かける。そして、「すべてが変わる」(6)のである。バデルーンによればその変化は、厳密にはソラヤがデイヴィッドを「見る」瞬間に始まる(93)。「一瞬、ガラス越しにソラヤの目が彼の目と」合い、ソラヤがデイヴィッドを見返すのだ。それまで一方的に「見られる」存在であったソラヤが、彼女もまた「見る」主体であることを主張したことになるだろう。換言すれば、デイヴィッドが彼女に押しつけたピクチャレスクなムスリムのイメージとは異なるソラヤが姿を現したのである。デイヴィッドは変化を察したように、視線が合ったことを「即座に悔やむ」(6)。

その後、ソラヤとの逢瀬において、この日の記憶がデイヴィッドにつきまとう。デイヴィッドは、彼が目撃したソラヤの息子たちの存在を意識し、次のように彼自身を子どもたちの父に位置づける一方で、子どもたちの現実的な父親を意識するようになる。

二人の小さな少年が、彼ら〔デイヴィッドとソラヤ〕の間に存在するようになる。母と見知らぬ男が対になる部屋の片すみで、二人は影のように静かに遊んでいる。ソラヤの腕のなかで彼は束の間、二人の父になる。育ての父、継父、影の父。そのあとベッドを出ると、二人の目がこっそりと不思議そうに、こちらをちらちら見ているのを感じる。

我知らず彼の思いはもう一方の父、本当の父に向く。妻が何をしているか、彼はうすうす勘づいているだろうか、それとも無知ゆえの幸せを決め込んでいるのだろうか。(6-7)

ソラヤとの関係においてはこのようにデイヴィッドの想像上に現れる一家の父が、父娘のパターンにおいて彼が対峙する父である。そしてパターンに則ればデイヴィッドが敗退していくことになるが、実際、彼は想像上の父に対しいかなる勝機もないことを知っているようだ。相手が「本当の父」であるのに対し、彼は「影の父」に過ぎないのである。

とはいえ勝ち目のないことを知るデイヴィッドがソラヤに対する視線を変えていくのかといえば、そうではない。その後、ソラヤがデイヴィッドの前から姿を消すと、彼は探偵を雇ってまでソラヤを探し出し、彼女の自宅に電話をかける。そしてソラヤが「二度とここに電話をかけてこないよう要求します」（10）と怒りをあらわにすると、彼は今更のように驚愕するのである。「要求します。彼女が意味するのは、命令しますだ。彼女の金切り声には驚かされる。以前はそんな声の気配すらなかった。だが、ならば肉食獣が雌ギツネの巣に、その子どもたちの住みかに押し入ったとき、何を期待できるというのか？」（10）と彼は思う。ここでデイヴィッドはソラヤの「要求」に「命令」を聞き取っている。彼に命令するソラヤは、もはやピクチャレスクなムスリムのイメージには当てはまらない。その「命令」は、デイヴィッドが想定してきたソラヤとの関係性を逆転するものだ。[6] しかし「命令」を聞き取る一方で、デイヴィッドの視線はなおも自らを「肉食獣」に位置づけ、ソラヤの態度を子どもたちを守るための決死の抵抗であるかのように映し出す。結局、彼の視線が修正されることはない。その一方で、「見たこともない夫への嫉妬の影が彼をよぎる」（10）。すなわちデイヴィッドは敗退するよりほかないことを知りながら、自らの視線のなかでは「肉食獣」であり続けるのである。

3　メラニーとその父

ソラヤと会えなくなったデイヴィッドはその後メラニーと関係を持つようになる。そしてメラニーとの間にも父娘関係が重ねられていく。その父娘関係は変奏され、また拡大されてはいるが、基本的にはソラヤと同様の経路をたどる。デイヴィッドとメラニーの関わりについては第二章でも検討しているが、ここでは父娘のパターンに沿ってメラニーとの関係性を捉え直していく。

　メラニーとの間の父娘関係は、ソラヤのときよりも明瞭に打ち出されている。デイヴィッドがメラニーとの間に父娘関係を繰り返しイメージするからだ。まずはそうした場面を取り出してみよう。

　メラニーと最初の関係を持って数日後、デイヴィッドは土砂降りがやむのを待つ学生のなかにメラニーを見つけ出し、車で送っていく。その車中でデイヴィッドはメラニーを見て「子どもだ！［……］まだほんの子どもじゃないか！　私は何をやっているんだ？」と思う。そしてそれと同時に彼の「心は欲望に揺れる」（20）のである。彼はまた「口説き方を忘れてしまっている。聞こえてくるのは、恋人の声ではなく、子どもをおだてる親の声だ」（20）と、メラニーに話しかける自分の声に親の口調を聞き取ってもいる。デイヴィッドはメラニーを子どものように感じ、彼女に対し親のように接すると同時に、欲望にとらわれるようだ。

　同様のことは別の場面でも起きている。ある晩、憔悴した様子のメラニーがデイヴィッドの住居に押しかけてくる。このときデイヴィッドは「欲望の疼き」を感じると同時に、「何が気に入らないのか、お父さんに話してごらん」と危うく口走りそうになるのだ（26）。つまりこの場面でも、メラニーを子どものように感じることと彼女への欲望は同時に起きている。しかも、この晩から居候を決め込んだメラニーにデイヴィッドが与えるのは、かつて娘のルーシーが使っていた部屋だ。そして、「娘の部屋のベッドで彼はもう一度メラニーを抱く。最初のときと同じくらいすばらしい」と語る。つまり「娘の部屋」であることを意識しつつ、すっかり満足するのである（29）。

　物語後半には、デイヴィッドがこのときの記憶を呼び起こす場面がある。ルーシーの小農園からケープタウンに戻った際、彼はメラニーが出演する芝居を観に行く。そしてメラニーがステージに立つと、次のように思うのだ。「何か合図があったなら、何をすべきかわかるだろうに。たとえばあのばかげた服が冷たく密やかな炎で彼女の体から焼け落ち、彼だけに与えられる秘密の啓示として、あの最後の晩にかつてのルーシーの部屋で見せたと同じ一糸まとわぬ完璧な姿で、もしも彼女が彼の前に立つならば」（191）。ここで改めてルーシーの部屋が意識されている。つまりデイヴィッドは目の前のメラニーではなく、ルーシーの部屋にいたメラニーを求めている。さらに周囲の観客がメラニーの演技に沸くと、彼は「私のものだ！」と「まるで自分の娘でもあるかのように」自慢したくなるのである（191）。

　このようにデイヴィッドはメラニーとの男女関係にも父娘のイメージを投影するのだが、ソラヤのときよりも複雑な様相を帯びている。単に娘のイメージではなく、第一に子どものイメージ、第二に実の娘であるルーシーのイメージが投影されるからだ。そしてそうしたイメージの投影と同時にデイヴィッドは欲望を覚えるのである。ルーシーのイメージについては次節に譲り、ここではまず子どものイメージについて考察してみよう。

　メラニーを子どものように見なすデイヴィッドの視線は父娘のパターンにあるとおり、メラニーが白人ではないと想定されるために人種問題をはらむ。物語のなかではメラニーの人種について明らかにはされていない。ただし彼女の容姿については「小柄で細身、短く刈り上げた黒髪、中国人のような幅広の頬骨、大きな黒い目」（11）と語られている。アトリッジはメラニーのこうした容姿などから、アパルトヘイト時代の区分に従えば「カラード」（Attridge, *J. M. Coetzee* 173n15）であると推察している。実際、希薄な形ではあるが、メラニーがカラードもしくは黒人であることが仄めかされている。デイヴィッドが気まぐれに彼女の名前のアクセントを移動させながら、「メラーニ、浅黒い娘（dark one）」（18）と考えるのだ。[7] ちなみにダウスウェイトは「メラニー（Melanie）はギリシャ語で「黒」を表すメラノス（*melanos*）からきている」

(Douthwaite 142) と述べている。つまりメラニーという名前のなかに、「黒」が表明されているのである。[8]

物語の内部においてはデイヴィッドの同僚であるファロディア・ラッソールの発言が、デイヴィッドとメラニーの人種関係を示唆している。メラニーがデイヴィッドをハラスメントで大学に訴え、大学はデイヴィッドに対し聴聞会を開く。[9] そこで社会科学部のラッソールがデイヴィッドのメラニーに対する行為を、「搾取の長い歴史」の一環だと非難するのである。[10] デイヴィッドは胸の内で、ラッソールが抱いているのは「がっしりした大男が女児を押さえつけ、悲鳴を上げる彼女の口を大きな手で塞いでいる」といったイメージなのかと問い、「なんとばかげた!」と皮肉に受けとめる。しかしその一方で、前日に同じ聴聞会がメラニーに対して開かれたことを思い出し、「メラニーは彼らの前にいた。彼の肩にもほとんど背の届かないメラニーが。不均衡。どうしてそれを否定できようか」と考える (53)。つまりデイヴィッドの意識のなかで彼自身とメラニーの姿が「がっしりした大男」と「女児」のイメージに接近していくのである。そもそもそれは、メラニーが子どものように見えていたデイヴィッドの視線に結びつくイメージだ。

実はこうした大男と女児のイメージの類型を、クッツェーはデビュー作『ダスクランド』(*Dusklands*, 1974) に取り入れている。『ダスクランド』第一部「ヴェトナム・プロジェクト」では、米兵とヴェトナム女性の写真が描写される。この写真の男女が大男と女児のイメージに当てはまる。写真を描写するのは物語の語り手ユージーン・ドーンだ。彼はヴェトナム戦争さなかのアメリカで「神話記述班」(4) に所属し、軍部に向けて神話を利用した対ヴェトナム心理戦略についてのレポートを作成している。そのレポート作成のために、ドーンが持ち歩いている写真のうちの一枚が、米兵とヴェトナム女性の写真だ。それは次のように描写されている。

写真のうちの一枚だけが、あからさまにセクシャルだ。写真にはクリフォード・ローマンが写っている。身長六フィート二インチ、体重二二〇ポンド、ヒューストン大学のかつてのラインバッカー、今は第一空挺部隊の軍曹だ。写真のなかで彼はヴェトナム人女性と交わっている。女性は小柄で細く、ことによるとまだ子どもの可能性さえある。とはいえヴェトナム人の年齢について、人はたいてい間違うものだ。ローマンは自分の力を誇示している。両手を尻に当てて反り返り、勃起したペニスで女性を持ち上げている。〔……〕彼は歯をむき出して笑い、女性は眠そうな間の抜けた顔を無名のカメラマンに向けている。〔……〕私はこの写真に「父は子どもたちとはしゃぐ」と仮タイトルをつけ、第七セクションに分類した。（13）

このように写真に写る米兵とヴェトナム人の男女には圧倒的な体格差がある。女性については「子どもの可能性」にも言及され、まさに大男と女児のイメージである。一方で「父は子どもたちとはしゃぐ」という仮タイトルから、二人の姿に父子のイメージが当てはめられていることがわかる。

ドーンは、この写真をレポート作成の道しるべにしている。アメリカとヴェトナムの関係性を捏造する過程において、行き詰まりを感じたときにこうした写真に舞い戻り、想像力を活性化させるのである（13）。彼のレポートのイントロダクションには「父は権威であり、無謬であり、偏在する。父は説得しない。命令する。父が予告することは起こる」（21）と記され、アメリカを父、ヴェトナムを息子たちの地位に位置づけることが提案されている。そしてこうした二国間の父と息子たちの関係性を、彼は写真の男女から引き出している。裏を返せば、ここで父と息子たちは写真の男女のような関係性にあることが求められているのである。いうまでもなく、女性は息子たちの姿を象徴する。写真の仮タイトルが「子どもたち」と複数であることは、そのことを仄めかしているだろう。

ではドーンはなぜ、女性のイメージをヴェトナムという息子たちに当てはめるのだろう。彼のレポートには父の絶対的権威が記されているばかりではなく、『オイディプス王』の「父殺し」を喚起させる「息子たちの反乱」についても言及されている。そして「父はもろく、狙いを定めた過激な一撃のもとに衰退しがちである」と、息子たちに倒される父の運命も示唆されている（25)。すなわち息子たちは成長して父を転覆させ、自らが父になる可能性を秘めているのだ。ここにドーンが女性のイメージを息子たちに当てはめる意図を見出し得る。それは息子たちの持つ父転覆の可能性を打ち砕くためだ。再度、仮タイトルにある「子どもたち」に注目してみよう。この「子どもたち」は写真のヴェトナム女性を指すと同時に、息子たち、すなわちヴェトナムを指している。つまりドーンは、この息子たちを成長することのない永遠の子どもたちに仕立て、アメリカの父の立場を不動のものとして確立しようとしている。その〝永遠の子どもたち〟の姿が女性なのである。[11] 特に「子どもの可能性」さえあるように見える女性の姿は、この点を象徴的に、また強力に打ち出しているだろう。

ゲルダ・ラーナーは『家父長制の創造』(*The Creation of Patriarchy*) のなかで、「既知のどの社会においても、最初に奴隷化されたのは被征服種族の女性たち」であると述べ、まずは他者である外部の女性の奴隷化が習得されたのちに、外部の男性、さらに内部の下級者へと、それが順に押し広げられていったのだと論じている (Lerner 213)。こうしたラーナーの主張は、一部ドーンの構想を映し出しているように見える。大男ローマンに「勃起したペニスで」持ち上げられ、抵抗の術を持たないという意味において奴隷状態にあるヴェトナムの、すなわち「外部の」、小柄な女性の立場を、ドーンは同じくヴェトナムの男性たちに敷衍しようというのである。

さらにいえば、こうした性行為の場面は侵入、征服を示唆するのであり、この点もまたドーンが女性のイメージを利用した理由と考えられる。ちなみに『夷狄を待ちながら』では行政長官が、ジョルの部隊が奥地へと分け入っていく前夜に夢を見る。それは仰向けに寝そべる女性と思しい体の夢で、その体には黒と金色の陰毛があるのだが、その陰毛に触れようとするとミツバチが蜜にまみれて群がっていたのだとわかる（13）。行政長官の夢のなかで、これから帝国が侵入していく奥地が女性のイメージに置きかえられた上で、その富の横領が示唆されているように見える。アトウェルは、「奥地を表すのであれ、その物質的豊かさを表すのであれ、風景を表すのであれ、〔……〕植民地言説における典型的な比喩的表現として」、植民地支配下にある女性がよく用いられてきたことを指摘している（Attwell, *South Africa* 79）。

『恥辱』に話を戻そう。前述のようにデイヴィッドは人種の異なるメラニーとの関係についてラッソールから「搾取」と非難を浴び、これを皮肉に受けとめるが、そこに浮かび上がる大男と女児のイメージを、彼は否定できない。そもそもそれ以前に、デイヴィッドの視線がメラニーを子どものように捉え続けている。そしてこの視線を探っていくと、ソラヤの場合と同じく、「奴隷」という言葉さえ浮上する。つまりデイヴィッドの視線は、女性を奴隷さながら自分に従属させたい、所有したいという欲望を指し示しているのではないか。

その一方、デイヴィッドの視線が描き出すメラニーと現実のメラニーとの間には隔たりがあることが、物語のなかで仄めかされている。たとえばメラニーは「二年生のときにアドリエンヌ・リッチとトニ・モリスンをやりました。それにアリス・ウォーカーも。かなり夢中になりました。でも厳密にはそれを情熱とは呼べないと思います」（13）とデイヴィッドに話す。ここにメラニーが挙げたのは父権主義に強く抵抗するアメリカの女性作家たちだ。とすればメラニーにはフェミニズムに共感する要素があるのだ[12]。しかしこうしたメラニーの発言は、一瞬デイヴィッドの意識に映り込んだとしてもすぐに掻き消えてしまう。いいかえれば、この発言が彼の意識の内で反芻されることはない。そしてデイヴィッドの視線は頑迷に、メラニーを無邪気な子どものように捉え続ける。彼女にハラスメントで訴えられてもなお、「メラニーが一人でこんな手段に出るはずはないだろう。〔……〕それをするには彼女は無邪気すぎるし、自分の力を知らなすぎる」(39)と考え、その視線が揺さぶられることはない。すなわちメラニーがデイヴィッドの視線から外れるような姿を示しても、メラニーに対する視線を彼が変えることはないのである。

さらにデイヴィッドはソラヤのときと同じく、メラニーに対してもあくまで自分を上位に位置づけようとする。デイヴィッドの住居で居候を開始して以来、メラニーが彼を利用する気配が次第に濃くなっていくのだが、彼は「彼女がひどい振る舞いをしているというなら、こちらはもっとひどい。二人がつき合っているかぎり、二人がつき合っているならばだが、リードするのはこちらで従うのは彼女だ。このことを忘れないでおこう」(28)と考えるのである。デイヴィッドは彼の上位を維持するよう、自らを戒めているようでさえある。

父娘のパターンにおいてはさらに、デイヴィッドが女性たちの現実的な父、あるいは家長の役割を担い得る人物に対峙し、敗北を喫することになる。メラニーをめぐっては、デイヴィッドは二人の人物と対峙する。一人は彼女の実の父アイザックスであり、もう一人は彼女のボーイフレンドのライアンである。

デイヴィッドはアイザックスに謝罪を行うためにメラニーの実家に赴く。これはデイヴィッドがメラニーの父の座を断念し、アイザックスを彼女の父として認めようとする行為と捉え得る。つまりデイヴィッドはすでに敗北を受け入れようとしているのだ。ただし『夷狄を待ちながら』で行政長官が夷狄の娘を仲間のもとへ送り届けたとき、行政長官と夷狄の男との交渉が嚙み合わなかったように、『恥辱』においてもデイヴィッドとアイザックスの会話はまったく嚙み合わない。デイヴィッドが、メラニーは「本物の火」（166）を自分に灯したのだといって、彼女に対する自分の行為に理解を求める一方で、アイザックスは彼の信仰する「神」の意志をデイヴィッドに諭そうとする。これに応えてデイヴィッドは、第二章で述べたように「恥辱」を無期限に引き受ける覚悟を口にする（172）。しかしアイザックスはデイヴィッドの話に一切耳を傾けようとはしない。彼はデイヴィッドの訪問の目的についても、一方的に職場復帰のための目論《もくろ》みと決めつける。デイヴィッドの視線が描き出すアイザックスの姿は、その神への強い信仰とは裏腹に非常に世俗的だ。ちなみにアイザックスはデイヴィッドとの出会いの当初から彼の転落を捉え、「ああ、勇士たちは倒れた」（167）といい表している。[13] そうしたアイザックスの一連の態度にはデイヴィッドの社会的失脚をどこか愉快に受けとめている様子が漂う。行政長官から銀の延べ棒を取り上げる夷狄の男たちと同様に、アイザックスもまた決して好ましい印象を残さない。結局デイヴィッドはアイザックスに対する嫌悪感を募らせていく。そしてこののち彼は、前述のようにメラニーの芝居を観に行き、再び彼女を「自分の娘」のように捉えるのである（191）。

メラニーとの関係をめぐり、デイヴィッドが真に打ちのめされるとすれば、それはこの芝居会場でライアンと対峙するときといえるだろう。彼はメラニーのボーイフレンドであり、この場面は父と父の対峙の延長と捉え得る。ライアンは芝居会場でデイヴィッドを見咎め、「おまえの同類（your own kind）とつき合いな」（194）と彼を罵倒する。これに対しデイヴィッドは憤り、「おまえの同類。誰が私の同類か、この私に教えようとはこのガキ何様だ？　どんな思慮分別も及ばぬところで、まったくの赤の他人同士を互いの腕のなかへと駆り立て、彼らを同族（kin）、同類（kind）にする力の何をこの男は知っている？」（194）と考える。[14]

ここで「力」とは、「本物の火」の力、もしくはデイヴィッドがその僕《しもべ》であると発言した「エロス」(52)の力と捉え得る。デイヴィッドはそうした「力」によって、たとえばメラニーとの間に想定される人種の相違をも乗り越え、同族同類の関係性を作り出すことができると考えているようだ。しかしライアンはなお、「メラニーがあんたを見たら、あんたの目に唾を吐きかけるぜ」とデイヴィッドを罵倒する。このライアンの言葉は、デイヴィッドの視線をいかにメラニーが嫌悪し、拒絶しているかを表すものだろう。この言葉を聞いたデイヴィッドは、彼の盲目性を裏づけるように「そんなことは思ってもみなかった」と語る。ソラヤの激怒に直面して驚愕したデイヴィッドだが、ここではそれを遥かに超えた「存在の衝撃」を覚える。そして、彼はこの夜を「啓示の夜」と呼ぶのである(194)。

4　デイヴィッドとルーシー

父娘のパターンはデイヴィッドとルーシーの関係にも当てはまる。ただしデイヴィッドとルーシーは実の親子であるため、男女の関係に父娘が見出されるのではなく、父娘の関係に男女もしくは夫婦の関係が重ねられることになる。

メラニーに訴えられ大学を追われたデイヴィッドは、娘ルーシーの家へ向かう。ルーシーは東ケープ州グレアムズタウン近郊の町、セーラム郊外で小規模な自作農を営んでいる。(15) デイヴィッドはしばらくルーシーの家に滞在する予定であり、このことは娘が主人である家で生活することを意味している。デイヴィッドは親の振る舞いを自制しなければと考えている。つまりデイヴィッドとルーシーの同居生活においては、当初から父権制が転倒しているのだ。ただしルーシーは状況にかかわらず、そもそも父の支配下に身を置くことを拒絶している娘であるようだ。デイヴィッドはルーシーについて「二〇代半ばになった今、彼女は離れ始めている。犬、菜園、占星術の本、無性的な服。そのどれにも独立の主張が見てとれる。よく考えた末の、目的を持った主張。男性を近づけないことも然り。彼女自身の人生を築くこと。彼の影から抜け出ること。いいじゃないか！　賛成するよ！」(89) と語っている。ルーシーは生活の細部にまで父からの独立を表明しているようであり、父の支配下から逃れることが彼女の人生の目的でさえあるようだ。これは父親を信じて成長した夷狄の娘と大きく異なる点だ。

他方、デイヴィッドからルーシーの父であるという意識が消え去ることはない。その上で彼はルーシーとの父娘関係に、男女もしくは夫婦の関係を仄めかすのである。デイヴィッドは次のように考える。

本当はルーシーに何を望んでいるのだろう。永遠に子どもで、永遠に無垢で、永遠に彼［デイヴィッド］のものでいてくれ、というわけではない――もちろん違う。だが彼は父なのであり、それは彼の運命なのだ。そして父というものは年を取るにつれ、ますます――これはどうしようもないことなのだが――娘の方を向くものだ。娘は父の第二の救済、父の若さを蘇らせる花嫁となる。おとぎ話で女王が娘を死へと追い詰めるのも不思議ではない。

彼はため息をつく。かわいそうなルーシー！　かわいそうな娘たち！　なんという運命、なんという重荷！ (86-87)

デイヴィッドはここでまず、「子ども」を「彼のもの」といいかえている。つまり彼は子どもであったルーシーを自分のものとして扱ってきたことがわかる。そこには彼が子どもと見なし、従属を欲望するメラニーへの視線とのつながりが感じられる。ただし前述のようにルーシーはすでにデイヴィッドから離れ、彼の支配下から逃れようとしている。いいかえれば、「子ども」の状況から脱しようとしている。そしてこのとき、デイヴィッドが望むのが、ルーシーを自分の「花嫁」にすることなのだ。男女関係に父娘関係が重ねられたメラニーの場合と逆行するように、ルーシーの場合は父娘関係に男女関係が重ねられている。そこには娘を他人に渡すことなく所有し続けようとする欲望、ルーシーに対し家長の地位を維持しようとする欲望を推察し得る。

オットー・ランクは『文学作品と伝説における近親相姦モチーフ』のなかで、主にアポロニウス伝説を始めとする伝説や童話を用いて父娘間の近親姦関係を分析している[16]。その基本形において、父親は「娘を他人に与えたくない、つまり彼女を一人占めにしたい」という思いから、娘の求婚者たちを遠ざける（ランク五四一）。そして「娘が年頃になる時期のみをひたすら待ち望み、〔……〕彼女を、老いて魅力の失せた妻と交換しようと」するのである[17]（五三六）。ランクはここに、デイヴィッドも共有する娘との結婚願望を描き出している。そしてその願望は、娘を「一人占めにしたい」という思いに支えられているようだ。デイヴィッドによれば、ルーシーの周囲には男性の影がない。彼は彼女を「同性愛者」（104）とさえ見ている。ではこのこともまた、デイヴィッドが娘を「一人占め」するために行ってきたことの結果なのだろうか。彼は次のように語っている。

〔ルーシーは〕魅力的だ。〔……〕だが男を寄せつけない。自分を責めるべきなのか、それともいずれにしろこうなったのか？　娘が生まれたその日から、ごくごく自然な、惜しみない愛情を抱いてきた。そのことに彼女が気がつかなかったはずはない。行きすぎていたというのか、その愛情が？　それを重荷に感じてきたのか？　それが重くのしかかっていたのか？　それを否定的に捉えてきたのか？　(76)

このように、ルーシーが男性を寄せつけない原因としてデイヴィッドに思い当たるのは、彼自身の「惜しみない愛情」であり、それ以外にはないのである。あたかもデイヴィッドは、自分の愛情がルーシーの重荷であり得ること、またその愛情は彼女が否定的に解釈し得るものであることを知っているかのようである。「愛情」という名目で、何かしら「一人占め」のための行為を働いてきたことを、彼は意識の底で認めているのかもしれない。

再びランクに戻ろう。ランクによれば発展史的見地において、大家族における父親は性的にも娘たちを要求する存在であったという。[18] そして父娘の近親姦は、ほとんどの場合、父権を発揮し得る父親主導で行われる。[19] ランクはこの関係に「サディスティックな要素」を見出している。というのも、たいていの場合、娘は父の接近を嫌悪し、逃亡することで父から遠ざかろうとする。しかし父親は一層、執拗に娘を追い回し、究極的には暴力で娘を支配下に置くのである。したがって父娘関係には最も強姦が起こりやすいという。ランクは、父親の根本的な性のあり方として、「家族内部において息子たち（兄弟たち）を性的交渉から除外することのみならず、奴隷をも含めたすべての女性家族構成員を所有し、その所有を保持すること」を挙げている（ランク　五二一―二四）。

こうしたランクの分析はルーシー以前に、すでに見てきたソラヤやメラニーに対するデイヴィッドの態度を説明するものでもあるだろう。デイヴィッドの視線は彼女たちとの間に父娘関係を投影することにより、奴隷のようなイメージを彼女たちの上に描き出していた。そこには彼女たちを「所有」することへの願望が垣間見えた。また探偵を雇ってまでソラヤの居所を突き止めたり、メラニーに執拗にいい寄り、ついにはレイプに等しい行為にも及ぶ彼の行動には、ランクが指摘する「サディスティックな要素」を見出し得る。

一方ルーシーに対しては父権制が転倒している状況にあって、デイヴィッドはあからさまに父権を行使することはできない。しかし前述のとおり、彼はルーシーを自分のものと考えてきたのであり、今後も「花嫁」として彼女を所有し続けることを望んでいる。ではこうしたデイヴィッドの態度はルーシーにどのように映っているのだろう。ルーシーは次のようにデイヴィッドに告げる。

「デイヴィッド、私は、私のすることをあなたが気に入るか否かで自分の人生を進めてはいかれない。もうこれ以上は。あなたは私の成すことすべてが自分の人生物語の一部であるかのように振る舞うわね。あなたが主役で、私は話の半ばまで登場しない脇役。でもね、あなたの考えに反して、人というのは主役と脇役に分けられているわけではないのよ。私は脇役ではないわ。私には私自身の人生があって、あなたとってあなたの人生が大切なのと同じように、私には私の人生が大切なの。そして私の人生で、決断を下すのは、私なのよ」　(198)

このようにルーシーはデイヴィッドが彼女をどう捉えているかを見抜いている。そしてそれを明確に拒絶している。彼女は六年前に若者たちのコミューンに加わったことをきっかけに、東ケープに居住するようになった。そして前述のように、生活の細部にまで父親からの独立を表明している。ランクは娘の逃亡に言及しているが、ルーシーの東ケープ居住にデイヴィッドからの逃亡を読み込むことも可能だろう。

ところでランクは娘の所有に性の所有を含めている。デイヴィッドが現実的に性的な関係をルーシーに強要することはない。ただしすでに見てきたようにデイヴィッドは娘を「花嫁」にする願望を秘めている。さらに彼自身とルーシーを「夫婦」（134）のように見なす場面もある。ここで喚起されるのが前節で述べたメラニーに対するルーシーのイメージの投影だ。デイヴィッドはルーシーの部屋でメラニーと関係を持ち、大きな満足感を表明している。すなわちルーシーへのデイヴィッドの欲望は社会的に抑圧されて表面化することはないものの、その抑圧された欲望は、娘のような他者へ向けられているのではないか。ルーシーの部屋のメラニーはしたがって、ルーシーの代理の役割も果たしているのだと考えられる。

以上のようにルーシーとの父娘関係には、ソラヤやメラニーの場合と逆行するように男女関係が重ねられている。そしてルーシーとの父娘関係においても、もう一人の「父」との対峙が描き出されることになる。その父とは当初ルーシーが助手として雇っていた黒人ペトラスだ。次にデイヴィッドとペトラスの対峙に注目する。

5　デイヴィッドとペトラス

これまではデイヴィッドが対峙する女性たちの父親は、実父を含め彼女たちに対し家長の役割を果たし得る人物であったが、ルーシーの場合にはデイヴィッド自身が実の父親である。彼にはルーシーの父の座が揺るがされるとは想像すらできない。だが次第にペトラスがルーシーに対し家長の役割を担う様相が濃厚になっていく。したがってデイヴィッドとペトラスの間で父と父の対峙が繰り広げられていくことになる。またペトラスはコーサ語話者であることからコーサ人と考えられる。そのためルーシーとの関係においても人種問題が大きく介入することになる。[20]

ペトラスは当初ルーシーの助手だったが、この年の「三月からはルーシーの共同経営者」でもある[21]（62）。土地関連の助成金を得てルーシーから土地を買い取り、若い妻とともにルーシーの住居に隣接する元厩舎に住んでいるが、第二の助成金が降りれば自宅を構える予定だ。さらに春に子牛を出産する雌牛を所有してもいる。ルーシーによれば、ペトラスは「東ケープの標準では資産家」なのである（77）。ペトラスの年齢は不明だが、初対面の際にデイヴィッドは「皺の目立つ風雨にさらされてきた顔。狡猾そうな目。四〇か？四五か？」（64）と考えている。また、ペトラスにはアデレードにもう一人別の妻と成長した子どもたちがいる[22]（64, 77）。一夫多妻であることから、ペトラスはコーサ社会の伝統的生活様式を維持している人物であると推察される。

まずペトラスに対するデイヴィッドの態度を確認しておこう。そこには人種差別的な視線とその抑制を同時に見出し得る。たとえばデイヴィッドはルーシーの作物を売るためにペトラスとマーケットに出かけるが、ペトラスが忙しく立ち働く傍らで、マーケットについての知識を持たないデイヴィッドはただ座って手を温めるばかりだ。このときデイヴィッドは、「まさに昔のようだ。baas en Klaas。ただしペトラスに指示を出そうなどとは思わないが」（116）と思う。“baas en Klaas”とはアフリカーンス語で主人と召使いを意味する。[23]すなわちデイヴィッドは「昔」の視線で、自分を主人、ペトラスを召使いに見立てるのである。

他方、デイヴィッドがペトラスを「隣人」（116）と位置づけることもある。[24]デイヴィッドとルーシーが黒人たちの襲撃を受けたとき、ペトラスは家を留守にしている。帰宅したのちもペトラスが不在の理由を説明することはない。ペトラスの事件への関与を疑うデイヴィッドはこれを不服に思い、次のように考える。

> 昔なら怒りをあらわにし、ペトラスに荷造りをさせ、代わりに誰かを雇って片をつけることもできただろう。だがペトラスに賃金が支払われてはいても、厳密にいえば、ペトラスはもう使用人ではない。厳密にいってペトラスは何かというと、むずかしい。とはいえ一番合いそうに思える言葉は、隣人だ。ペトラスは今、たまたま労働を売っている隣人。それが彼の都合に合うからそうしている。ペトラスは契約のもとに労働を売っている。不文契約のもとに。そしてその契約には、疑わしさに基づき解雇できるという規定はない。新しい世界に生きているのだ、彼［デイヴィッド］もルーシーもペトラスも。そのことをペトラスは知っているし、彼も知っている。そしてペトラスは、彼が知っていることを知っている。（116-17）

ここには「昔」もしくは旧世界と「新しい世界」の対立が示唆されている。そしてこの対立はそのままデイヴィッドがペトラスを見つめる視線の葛藤であるだろう。彼がペトラスに不在を説明する責任があると考えるのは、ペトラスが使用人であるという意識を払拭できないためだ。すなわちデイヴィッドは旧世界の思考形式を変えることができない。ただしその一方で彼は自分の思考形式を変えなければならないことを理解している。「隣人」とはこの理解に基づいて、デイヴィッドが導き出したペトラスの位置づけだといえる。つまりデイヴィッドは現実的にペトラスを隣人と捉えているわけではなく、新世界においてペトラスが隣人という位置づけになることを理解しているのだ。実際、デイヴィッドはペトラスの事件への関与をなおも疑い続け、次のように考える。「真相は〔……〕何かもっとずっと人類学的な、究明するのに何か月もかかるようなことなのではないか。何か月もの間、辛抱強く気長に何十人もの人々と会話を重ね、通訳の世話になって、ようやくわかるような」(118)。「隣人」と位置づけながらも、デイヴィッドがいかにペトラスを遠い他者と感じているかが、ここで明らかだ。

その後、ペトラスのパーティーに事件に関わった黒人たちの一人が現れると、デイヴィッドは旧弊な思考形式への抑制をますます緩めていく。そしてベヴに「きみはペトラスが顎ひげをはやし、パイプを吸い、ステッキを持ち歩くからといって、彼を昔ながらのカーフィルだと思っているんだ。だけどまったくそうではないよ。ペトラスは昔ながらのカーフィルではないし、いいやつどころではない。いわせてもらえば、ペトラスはルーシーを追い出したくてたまらないんだ。証拠がほしければ、ルーシーと私に何が起こったかを見てみればいい」(140)という。デイヴィッドはここで「カーフィル(kaffir)」という語を繰り返し口に出しながら、ペトラスの関与をほぼ決定づけている。「カーフィル」とは、「二〇世紀の南アフリカにおいて南アフリカ黒人を指す軽蔑的な言葉であり、アパルトヘイト後の南アフリカでは強い敵意をかき立てる侮辱的な語だ(Van der Vlies 99)。ベヴはこうしたデイヴィッドの発言を聞いて「かわいそうなルーシー、〔……〕ものすごく苦労してきたのね」(140)とつぶやく。物語のなかでベヴの真意が明らかにされることはないが、彼女は常にペトラスへの信頼を表明している人物である。したがって彼女の発言はデイヴィッドを父とすることの困難さを察した言葉なのだと推察し得る。

実際、ルーシーはデイヴィッドのペトラスに対する態度を「ペトラスに指図はできないわ。ペトラスの主人はペトラス自身よ」(114)、「ペトラスについていえば、悪い連中とつき合っているように見えるからといってクビにできるような使用人ではないの。そんな時代はとっくに過ぎ去った。風とともに去りぬよ」

(133)などと、たびたびいさめている。またペトラスのパーティーにレイプ犯の一人が現れたことについても「ペトラスのせいではない」(133)といって、デイヴィッドが警察に通報するのを押し止《とど》めてもいる。しかし何度いさめられてもデイヴィッドは変わることができない。そして、デイヴィッドに対するルーシーやベヴの反応は、デイヴィッドの視線が描き出す現実とは異なる現実があることを仄めかすのである。しかしそれがどのような現実なのかは、デイヴィッド以外の人物の意識に接近し得ないこの物語において不鮮明だ。読者は周囲がよく見えないデイヴィッドの視線をなぞり、デイヴィッドに対する周囲の、ときに批判的な眼差しを受けとめなければならない。

ここで言語の視点からデイヴィッドのペトラスに対する態度を考察してみよう。彼はあるときペトラスの英語について次のように感じる。

> 彼〔デイヴィッド〕は、いつかペトラスの話を聞くのも悪くないと思っている。ただなるべく英語によって割り引かれることなく。以前にも増して彼は、英語が南アフリカの真実を伝えるにはふさわしくないメディアだと確信するようになってきている。文章全体にわたる英語のコードは厚みを増し、伝達の明瞭さも表現の明確さも構造の明快さも失われてしまった。息絶えて泥に埋もれていく恐竜のように、この言語は硬直してしまった。英語の型に押しつけられては、ペトラスの話も関節炎にかかり、時代遅れになってしまうだろう。(117)

デイヴィッドはここで、英語はペトラスの話には適していないと断定している。ただしペトラスがデイヴィッドに対して英語で話さなければならないのは、デイヴィッドが土着の言語を理解できないためだ。英語が母語であるらしいデイヴィッドが学んできたのは西洋の言語のみだ。黒人たちの襲撃を受けたときには「彼はイタリア語が話せるし、フランス語も話せる。だがイタリア語とフランス語はここ暗黒のアフリカで彼を救ってくれはしないだろう」(95)と語っている。したがってデイヴィッドは英語で表現される以前の「南アフリカの真実」あるいは「ペトラスの話」といったものを想定しているようだが、現実的には彼自身はそれを知りようがない。にもかかわらずデイヴィッドは彼自身がペトラスの言語を学ぼうとする気配を見せることもなく、ペトラスから英語を切り離そうとするのである。彼は英語を死せる恐竜にたとえ、その古臭さを強調しているように見えるが、要するに、長大な歴史の厚みのなかで発達してきた言語がペトラスには複雑すぎるといいたいようだ。そこには父が子に向けるような眼差しが透けて見える。

さらにもう一つ、デイヴィッドがペトラスの英語について語っている例を取り上げてみよう。ペトラスがルーシーを「恩人(benefactor)」と呼んだとき、この語について以下のように考える。

嫌な言葉だ、彼〔デイヴィッド〕にはそう感じられる。二通りの意味に取れて興ざめする。だがペトラスを責められようか? ペトラスがこれほど自信ありげに使用している言語は——彼が知ってさえいればと思うが——疲弊し、もろくなり、シロアリに食われたかのように内側からむしばまれている。今なお信頼できるのは単音節語だけだ。しかも単音節語のすべてというわけでさえない。(129)

ここでデイヴィッドはペトラスが英語で表現しようとしている意味と、自分自身が読み込む意味のずれを意識している。英語話者であり英文学者であるデイヴィッドは、一つの英単語から多様な意味を受け取る。一方デイヴィッドによれば、ペトラスはデイヴィッドが受け取る意味の多様性を想定し得る話者ではない。その結果、ペトラスの英語はペトラスが意図しない意味をデイヴィッドに伝達することになる。厳密にいえば意味内容の伝達における障壁は、あらゆる他者とのあらゆる会話において想定されるべきだ。しかしデイヴィッドは特にペトラスとの間においてこうした障壁を意識する。しかもペトラスの英語に嫌悪感さえ抱く。そしてその一方で英語に対しことさら批判的な言葉を並べながら、英語の複雑さを強調するのである。彼はペトラスの文化的未熟度を仄めかしているようでさえある。こうしたデイヴィッドの態度にはやはり差別的眼差しとその抑制を同時に見出し得るのであり、彼はペトラスに対し父権を発揮しているようにも見える。また英語についていえば、デイヴィッドは自分自身の英語をオーセンティックな英語と位置づけ、ペトラスの英語をそこから外れたものと見なしているようだ。これはペトラスらの英語が独自に発展する可能性を認めない態度でもあるだろう。

クッツェーはポール・オースターとの書簡集『ヒア・アンド・ナウ』(*Here and Now*, 2013) のなかで、自らの英語について言及している。南アフリカで教育を受けたクッツェーが二一歳でイングランドに渡ったとき、「教科書的基準」において、彼の英語が大方のネイティヴより勝っている自信があった。しかしその一方で、「ネイティヴほどこの言語を知り得ない」ことに気づく。自分は「英語を〔……〕書物から学んで知っている」が、「周囲の人々は「直感的に」この言語がわかるのだ」と、若き日のクッツェーはその状況を理解する。英語は「彼らにとって母語であるようには、私の母語ではなかった」と彼はいう (Auster and Coetzee 66-67)。そしてさらに、彼はこの書簡を次のように結んでいる。

英語は結局、イングランドのイギリス人の所有物ではないかもしれないが、もちろん私のものでもない。

言語は常に他者の言語だ。言語のなかへさまよい込むことは、常に侵入なのだ。その上どれほど具合の悪いことだろう。もしも自分のペンから滴《したた》り落ちるあらゆるフレーズのなかに、それ以前に使われたときのエコーを聞き取り、自分より前に誰がそのフレーズを所有していたかを想起させられるほど英語に堪能であるとすれば！ (67)

この手紙でクッツェーは英語について、デイヴィッドとは異なる見解を提示している。英語の言葉の一つ一つに「それ以前に使われたときのエコー」を聞きとってしまう点は、クッツェーもデイヴィッドも同様かもしれない。しかしクッツェーは二重に英語を彼自身から切り離しているだろう。第一に南アフリカで成長したクッツェーにとって、英語はイギリス人のものであるほどに彼のものではない。第二に英語はイギリス人のものでさえないと。これがデイヴィッドとの明らかな相違点だ。

まず第一の点に注目してみよう。同じ書簡のなかで、彼は学生時代、英語が得意科目であったが、「「自分の」言語だから得意なのだと考えたことは一度もなかった」と書いている。つまり英語は彼にとって単に「学科の一つ」に過ぎず、英語に対し「自分の」言語という感覚は持ち合わせていなかったというのである。また子ども時代には「英語はイギリス人の所有物」であり、「イギリス人は英語の規則を〔……〕気まぐれに選択して作り上げ」、自分たちは「遠方でそれに従うのだ」と考えていたという（66）。すなわち「教科書的基準」では英語に卓越していても、「私の母語ではなかった」という彼の英語への距離感は、イギリスに住む以前にすでにできあがっていたようだ。ちなみに自伝的小説『少年時代』（*Boyhood*, 1997）に基づけば、クッツェーという姓はアフリカーナー（第一章注（1）参照）の姓であり、彼は「英語の訛りなしで、アフリカーンス語を話す」こともできた。しかし英語を話す家庭で育ち、学校での英語の成績がよかったために、

「自分をイギリス人」だと考えていた（124）。彼の英語への距離感は、こうした背景も手伝って獲得されたものであるのだろう。ただし、このような詳細に分け入るまでもなく、南アフリカという地盤と英語を育んできたイギリスの風土や事物との間には大きな距離がある。イギリスに渡ったクッツェーは、ネイティヴの英語のなかにその距離を実感し、自らの英語をいわば周縁化したのだといえる。一方『恥辱』のデイヴィッドに自分の英語を周縁化する様子はない。英文学を教えるデイヴィッドは、おそらくクッツェーと同様に教科書的基準においては英語に精通しているのだろう。デイヴィッドはその英語をオーセンティックな英語と位置づけているようだ。ゆえにそこから外れるペトラスの英語を問題視することになる。

ただしこの第一の段階においてはクッツェーもデイヴィッドと同様に、英語にイギリスという中心を設けていることになる。しかし第二の段階においてクッツェーは、そのイギリスという中心さえをも取り払ってしまうのだ。「英語は結局、イングランドのイギリス人の所有物ではない」とクッツェーは続けている。そして言語の使用は常に他者の言語への侵入なのだという。すなわちここでクッツェーが示唆しているのは、時間軸においても空間軸においても、常に変容していく言語のあり方だ。この考え方を進めていけば、より個人的で多様な英語の広がりを認めざるを得ない。

ペトラスの英語を周縁化するデイヴィッドは、こうした思考を欠いている。先に示したように彼は「英語の型に押しつけられては、ペトラスの話も関節炎にかかり、時代遅れになってしまうだろう」と語っているが、これは実際にはペトラスではなくデイヴィッド自身の問題だ。英語のフレーズに「それ以前に使われたときのエコー」を聞き取るのはデイヴィッドであり、その英語を中心化するためにペトラスの英語が明瞭性を欠くことになる。いいかえればデイヴィッドの英語がペトラスの英語を「関節炎」にし、「時代遅れ」にするのである。クッツェーがいうように言語の使用が常に他者の言葉への侵入であるならば、デイヴィッドもペトラスも等しくその侵入を行っているに違いない。その上で彼らは自分自身の世界観を表すため、言葉をそれぞれに変容させるのである。ペトラスがデイヴィッドよりもさらに遠くイギリスから離れているのだとすれば、より斬新な英語をペトラスが生み出す可能性もあるかもしれない。ただしデイヴィッドにはそうした展望は一切ない。突き詰めてみればクッツェーとデイヴィッドの決定的な相違は、中心を定めているか否かということになるだろう。究極的にクッツェーはいかなる中心をも取り払っている。彼にとってはより個人的で多様な英語が日々生じていくことになる。ちなみに先掲の書簡のなかでクッツェーは、「使用言語を母語〔……〕と呼ぶことは、明らかに時代遅れ」(65-66) と述べてもいる。一方デイヴィッドは中心を設け、その結果ペトラスの英語を周縁化することになる。

以上のように言語の観点からもデイヴィッドはペトラスに対し、差別的な視線を注いでいるといえる。ただしデイヴィッドは「新しい世界」における変化を理解してはいる。実際、デイヴィッドが彼自身とペトラスの間に描き出した"baas en Klaas (主人と召使い)"の関係性は逆転しつつある。アトウェルはデイヴィッド自身が「マスター＝サーヴァント (主人と召使い) 関係の転倒におけるアイロニーに敏感である」ことを指摘した上で、ペトラスとの逆転として具体的に、「デイヴィッドがペトラスの助手になるという事実、デイヴィッドが「ドッグ・マン」の役目 (ペトラスもまた、一定のアイロニーとともに引き受けていた役目) を引き継ぐという事実、さらにデイヴィッドがいうように、ペトラスが過ぎ去りし日々の「古き良きカーフィル」とはまったく異なるなどの事実」を挙げている ("Race" 337)。実際、デイヴィッドは、ルーシーの家に来た当初、彼女からペトラスの手伝いを提案され、「ペトラスを手伝うか。いいね。そういう歴史の辛辣さは好きだよ。彼は労働の賃金を払ってくれるかな、どう思う?」(77) と応じている。以来デイヴィッドは厭うことなくたびたびペトラスの助手を務めている。そこには「新しい世界」のあり方を積極的に受け入れようとする態度が見られる。しかし、にもかかわらずデイヴィッドの視線はペトラスを「召使い」のように捉える。つまり新たな時代を生きるデイヴィッドは、ペトラスとの立場の逆転を受け入れながら、旧世界の視線を彼に投げかけるのだ。このことはデイヴィッドの変化に対する理解が、彼の視線を変えることにはならないことを示唆しているだろう。

父娘のパターンに沿って、次にペトラスに対するデイヴィッドの敗北に注目しよう。『恥辱』のデイヴィッドとルーシーは同時に黒人たちの暴力に直面し、デイヴィッドは父として娘を守ることができない。その意味において『夷狄を待ちながら』の夷狄の父娘を反復している。しかし二人には夷狄の父娘とは異なる点が二つある。その一つはルーシーが夷狄の娘のように父親を信じている娘ではなく、父からの独立を表明している娘である点だ。したがって父が娘を守れないことで、ルーシーの世界観が破壊されるようなことはない。

二つ目はデイヴィッドがじかに事件を目撃していないという点だ。『夷狄を待ちながら』では文字どおり父親の目の前で娘が傷つけられ、父親は拷問者に襲いかかり半ば自殺する。父親の義務を果たせないことへの罪の意識に彼は耐えきれなかったのだと行政長官は語っている。一方、デイヴィッドはトイレに閉じ込められ、ルーシーへの暴力を目撃したわけではない。事件ののち、彼はルーシーとベヴにそれぞれ「何が起こったかあなたは知らない」(134)、「あなたはそこにいなかった」(140) と告げられ、「〔レイプについて〕彼が想像し得る以上に、何を目撃できたというのか?」(140) と当惑する。ルーシーとベヴの言葉は、現実を「見る」ことと「想像」することの相違を仄めかしている。結果的にデイヴィッドは事件後もそれまでと同様に、ルーシーの父親であるという意識を維持するのである。

しかしデイヴィッドは外部から、父親の役割をもはや担えない現実を突きつけられていくことになる。レイプ事件ののちデイヴィッドは土地から出ていくよう繰り返しルーシーを説得する。しかしルーシーはこれを拒絶し、手紙でデイヴィッドに「私はいつまでも子どもではいられません。あなたもいつまでも父親ではいられません。あなたが私のためを思ってくれているのはわかります。でもあなたは私が必要とするガイドではないのです。今は違うのです」(161)と告げる。その後、ベヴからペトラスがルーシーを守るといわれ、デイヴィッドは「父なるペトラスか」、「想像できない。この人生でルーシーの父でないことなど」(162)と嘆く。これは事実上ルーシーの父の座がペトラスに移動しつつあることを、デイヴィッドが理解した場面といえる。実際、彼はこの直後にルーシーの小農園を去り、自宅のあるケープタウンへ戻る。しかもその道程においてメラニーの父、アイザックスに謝罪を行うのだ。すなわちこの旅立ちは、ルーシーおよびメラニー双方の父の座を明け渡す彼のジェスチャーと捉え得る。ただしこのときデイヴィッドは父の座の移動を理解したままでであり、その現実が彼を打ちのめしていくのはこの先だ。

その現実の一つ目は、黒人三人組のレイプによるルーシーの妊娠である。デイヴィッドがルーシーを案じて再び小農園に戻ると、ルーシーが妊娠し、その子どもを産むつもりであることを知らされる。デイヴィッドは黒人たちの目的が「交配」であったと考え、以下のように激しく動揺する。

息子を持つという感覚を知らない父親。こうしてすべてが終わりに向かっていくのか、こうして自分の血筋が途絶えていくのか、水がしたたり落ちて地中へ消えていくように? こんなことをだれが想像できただろう! いつもと変わらぬ日、すみわたった空、柔らかな陽の光、だけど突然、何もかもが変わってしまう、まるで変わってしまう!

台所の外壁にもたれ、両手で顔を隠し、何度も何度も肩で息をする。そしてついに彼は泣き出す。（199）

生まれてくるのはルーシーの子どもであり、したがって彼の「血筋」が途絶えるわけではない。にもかかわらず、このようにデイヴィッドは自身の消滅を嘆くのである。クッツェーはダフネ・ルークについてのレビュー・エッセイで「ほんのわずかな「黒人の血」が本質的に人を黒人にする。すなわち自然のままの、野生の子に」（*Stranger* 211）といった民間伝承に言及している。デイヴィッドがこうした伝承を肯定することはないにしても、彼の差別的な視線には同様の感覚が含まれていることを想定し得る。すなわちルーシーから生まれてくる子どもは黒人であり、その意味において彼の「血筋」ではないのだ。さらに「息子を持つという感覚を知らない父親」と嘆いている点には、デイヴィッドの父権的視野が表明されているだろう。彼にとって娘は――特に他者の子どもを身ごもったからには――自分の系譜を引き継ぐ立場にはないのだ。こうしたデイヴィッドの視野に立てば、たしかに彼の血筋は途絶えることになる。

さらに、彼を打ちのめす二つ目の現実として、ルーシーがペトラスと結婚するという展望が浮上する。ペトラスは周囲の危険からルーシーを守るため、土地の引き渡しを条件に彼女を三人目の妻として迎え入れると申し出るのだ。ここで、今後ルーシーに対し家長の役割を務め得る人物が、具体的にデイヴィッドの前に姿を現したことになる。すでに見てきたようにデイヴィッドには、ルーシーを自分の「花嫁」にしたいという願望がある。このことはルーシーに対する父権の維持を意味してもいた。しかしこの願望を実現し得るのは、おそらくペトラスなのだ。ちなみにペトラスの申し出を聞いて驚愕したデイヴィッドは、「こんなことは我々のやり方ではない」と応じる。このとき彼は「我々」の代わりに、危うく「我々西欧人」と口を滑らしそうになっている（202）。デイヴィッドは常に自分の差別意識を抑えこもうとする人物であるが、その抑制が思わず緩む場面の一つだ。

リタ・バーナードは、ルーシーの子どもの父親であるレイプ犯の一人がペトラスの親戚であることを踏まえ、他者であるペトラスらが実際に自分の「現実的な親戚」になる可能性が見えてきたとき、デイヴィッドは「あまりに大きな適応を迫られることになり、それは教授〔デイヴィッド〕に堪え切れるものではない」（Barnard, "J. M. Coetzee's *Disgrace*" 212）と書いている。前節で見たように、デイヴィッドはメラニーのボーイフレンド、ライアンに対面したとき、他者同士を「同族（kin）、同類（kind）にする力の何をこの男は知っている？」と考え、他者同士を結びつけるその「力」を尊重しているように見えた。ただしこのときデイヴィッドは、自分とメラニーの結びつきを想定していたはずだ。つまり〝父〟として彼女を〝所有〟することを想定していたのであり、対等かつ同族的な他者との関係性は彼の念頭になかっただろう。ペトラスらが親戚になることが現実化して初めて、彼は他者と結びつくことの意味を思い知ることになるのだ。

ところで創作ノートには、出産を決意したのちのルーシーが「無防備の度合いが増すにつれ、ますますペトラスに依存した関係へ入っていく」（*Disgrace* NB2, 25 May 1997）というメモが見つかる。しかし完成版のルーシーはペトラスの保護下に入ることについて、より冷静な印象を残す。彼女はデイヴィッドに、ペトラスとの結婚は彼女の土地をペトラスに差し出す代わりに彼女が彼の保護を受けるといういわば取引なのだと告げ、「客観的に見て、私は一人きりの女よ。兄弟はいないし、父親はいても遠くに住んでいて、どのみちここで重要な問題については無力だわ。〔……〕現実的に見てペトラスしか残っていない。ペトラスは大物というわけではないかもしれないけど、私のような小さな存在には十分大きいわ」（204）と話す[25]。ルーシーはこの土地で安全に生活していくために必要な手段を合理的に判断し、ペトラスを選択しているように見える。その姿にはペトラスへの精神的な依存は感じられない。そもそもルーシーは父からの独立を表明している娘なのだ。彼女は可能なかぎり独立した生活を維持しながら、この土地で必要とされる〝父〟の存在を表向きに整えようとしているのだと考えられる。裏返せば、この土地で生きていくという彼女の強靱な意志がそこに表明されているだろう。この点については第五章で検討する。そして、このあとルーシーは、生まれてくる子どももペトラスの家族とすること、家屋については彼女のものとすることなどを条件に、ペトラスの申し出に承諾の意志を示すのである。

以上のように、ルーシーの〝父〟としてペトラスが選ばれるという意味において、デイヴィッドはペトラスに敗北する。ところでアトウェルは、『恥辱』における男性性に注目し、以下のように論じている。

非常に明白にこの小説のタイトルは、〔デイヴィッド・〕ルーリーと強姦者たちの性のあり方を、報復や復讐のなかで再現される過ちの歴史全体にまでおよぶ提喩的暗示で取り巻いている。実際、この小説にはその関連性から生じる社会生物学的な要素があり、それはあらゆる人種に共有される男性性のあり方の記録として、歴史を解釈し直すものだ。〔……〕それは明らかに性のあり方に一定の歴史的な力を認めようとする意欲であり、コロニアルとポストコロニアルの歴史を同様に、あらゆるレベルにおける権力と収奪の周期的再現として表象するこの小説の傾向を補強するものだ。（"Race" 338）

たしかに『恥辱』においては、デイヴィッドのメラニーに対する暴力と黒人たちのルーシーに対する暴力に連鎖を見出し得る。デイヴィッドのメラニーに対する視線を突き詰めていくと「奴隷」という語が浮かび上がる一方で、ルーシーが黒人たちから受けた暴力については、デイヴィッド自身がルーシーの奴隷化がその目的だと指摘している（159）。さらに視野を広げれば、『夷狄を待ちながら』の「コロニアル」な状況においては夷狄の娘に「傷痕（marks）」が刻印され、『恥辱』の「ポストコロニアル」な状況においては白人のルーシーに「彼女を汚し、印をつける（mark）ことを意図した〔……〕種」（199）が植えつけられる。このような視点に立てば、歴史とは普遍的に男性性に内在する暴力の際限のない連鎖だ。そしてこの連鎖が指し示すのは、進歩が望めないという幻滅だろう。新たに台頭する「父」は、旧世界の「父」と比して何ら発展的ではない。新たな価値観を示すわけでもない。むしろあからさまに暴力的で、その意味においてより野蛮にさえ見える。

サイードは「『闇の奥』における二つのヴィジョン」（"Two Visions in *Heart of Darkness*"）で、知識人の間に広がった幻滅について次のように書いている。

アルジェリア、キューバ、ヴェトナム、パレスチナ、イランにおける反植民地闘争への長年の支援は、西洋の多くの知識人にとって、反帝国主義的な脱植民地化における政治および哲学への極めて深い従事を意味するようになっていた。しかしそのあと疲弊と幻滅の時期がやってくる。革命を支援することがいかに徒労であるか、権力を握った新たな体制がいかに野蛮であるか、そして――これは極端な例だが――いかに脱植民地化闘争が「世界共産主義」に貢献してきたかといったことを、人々は聞いたり読んだりし始めたのだ。

（Said, *Culture* 27）

そして、幻滅のあとには「こうした植民地の民族は皆、植民地支配こそがふさわしい」（27）といった意見が蔓延することになる。すなわち帝国主義への逆行である。

クッツェーもまた同様の幻滅を味わった一人であるのかもしれない。ただし彼は知識人の一人として、また作家として、幻滅のその先を描く責任を負っているだろう。実際『恥辱』において彼は暴力の連鎖の一端を示すという地点に留まっているわけではない。もちろん帝国主義への逆行を示唆するわけでもない。クッツェーは、一つにはデイヴィッドの姿を通じて頑迷な主張を行っているといえる。それは暴力の連鎖に抵抗する主張である。次章で注目するのは、デイヴィッドのその主張だ。

第四章　現在から未来へ——オペラと犬

アトウェルは『恥辱』における「倫理的転回」のパターンを二つ挙げている（"Race" 339-40)。この二つのパターンはクッツェーのほかの作品においても共有されているという。その一つ目は以下のとおりである。

第一に、倫理的意識——これは哲学のシステムを含めてシステム化にはほど遠いものである——が、想像上の回避行為、すなわち腐敗した歴史を回避することから生じるパターンだ。このパターンは『恥辱』において『鉄の時代』と同様、死の現前および死への意識に結びついている。死のように完璧な他性のみが、歴史の失敗を乗り越える意識上の超越的行為を、主体から引き出し得るのだ。（"Race" 339)

アトウェルはここで「倫理的転回」に「死」が関わっている点に注目している。彼は『恥辱』における倫理的転回を具体的には論じていないが、デイヴィッドによる犬の火葬およびオペラ創作には倫理的意識を見出し得る。そしてその倫理的意識は、たしかにデイヴィッドが死の意識を深めていく過程で生じているだろう。これは前章で見てきた暴力の連鎖としての歴史に抵抗する主張と捉え得る。本章ではその詳細を見ていく。

1 イタリアのバイロン

正式なタイトルになるか否かは不明だが、デイヴィッドは自分が創作しているオペラを『イタリアのバイロン』と呼んでいる。[1] メラニーを初めて自宅に招じ入れた日、デイヴィッドはバイロンについて彼女に次のように語っている。

「〔バイロンが没したのは〕三六歳だ。彼らはみな若くして亡くなった。あるいは枯渇するか、あるいは発狂して幽閉された。だがイタリアはバイロン終焉の地ではない。彼はギリシャで亡くなった。バイロンはスキャンダルを逃れてイタリアへ向かい、そこに落ち着いた。そこに住んだんだ。そして生涯最後の大恋愛をした。イタリアは当時のイギリス人に人気の旅先だった。イタリア人はまだ自分たちの本質に触れていると、彼らは信じていたんだ。イギリス人ほど慣習に縛られることなく、より情熱的だとね」

ここでデイヴィッドはバイロンの早世に言及している。しかしこの発言はバイロンが老いを意識することなく人生を終えたことを意味するものではないだろう。バイロン（一七八八―一八二四）は、一八一六年にスキャンダルを逃れてイギリスを離れ、一八一八年にイタリアでグィッチョーリ伯爵と結婚したばかりのテレサ・グィッチョーリに出会う。デイヴィッドのいう「人生最後の大恋愛」の相手となる女性だ。[2] その後彼は、一八二三年にギリシャ独立戦争に加勢するためにギリシャに渡り、翌年病死している。つまりバイロンは晩年にあたる三〇代の大半をイタリアで過ごしていることになる。いいかえればイタリアのバイロンとは晩年のバイロンだ。そしてこの当時、バイロンは老いを痛烈に意識していたようである。デイヴィッドは大学の講義でバイロンの叙事詩『ドン・ジュアン』（*Don Juan*）を課題にするが（34）、この第一歌をバイロンは一八一八年、三〇歳のときに書いている。[3] そこには「だがいまや三十歳にして／わたしの髪は灰色である」（第一歌二一三連、小川和夫訳）という詩行が見える。そしてバイロン自身とも捉え得る人物が三〇歳にして肉体の若さばかりか、感受性の瑞々しさまでも失われてしまったと憂えるのだ。[4] つまりデイヴィッドがオペラの題材として取り上げるのは、老いへの意識があると思われる晩年のバイロンなのである。

前掲の発言のなかでデイヴィッドはまた、バイロンがイタリアに渡り「人生最後の大恋愛」をしたこと、さらにイギリス人の間ではイタリア人が「より情熱的」だと信じられていたために、イタリアが人気の旅先であったと話している。とすればデイヴィッドの念頭にあるバイロンの姿とは、情熱を求めてイタリアへ渡り、情熱を取り戻すかのように若いテレサと「生涯最後の大恋愛」をする姿だろうか。これより少し前、『イタリアのバイロン』は「室内オペラの形式による男女の愛についての瞑想」（4）と説明されている。であればこのときデイヴィッドはたしかに、老いの境地にあるバイロンの最後の恋愛に注目し、オペラのなかにその姿を描き出そうとしていたのかもしれない。

一方デイヴィッドはこうしたバイロンの姿を、自らなぞろうとしているかに見える。デイヴィッドはバイロンについてのノート作りを進める日々のなかで、それまで一学生に過ぎなかったメラニーに出くわし、前述のように自宅へ招き入れ、バイロンに言及する。そしてこの日を皮切りに、彼はメラニーとの関係に突き進んでいく。この行動についてデイヴィッドは情熱が生じたためと考えているようだ。メラニーの父アイザックスに謝罪を行った際に、メラニーが「私に火をつけた」と述べ、こうした「火」の神聖さを説くのである（166）。すなわちデイヴィッドは彼が思い描くイタリアのバイロンの姿をなぞるように、彼自身も情熱を求め、メラニーとの関係のなかにその情熱を見出そうとするのである。デイヴィッドがメラニーの名前のアクセントをずらしてイタリア語風にメラーニ（Meláni）と読み変えてみる点にも、『イタリアのバイロン』の影響を想像し得る（18）。

のちにデイヴィッドはオペラの作曲について「彼が音楽を作り出している（あるいは音楽が彼を作り出している）、しかし彼が歴史を作り出しているわけではない」（186）と考えている。作り作られるという点がデイヴィッドとオペラ創作の双方向性をいい表しているだろう。その双方向性は音楽のみに限定されるわけではない。デイヴィッドはたしかに歴史を作り出すわけではないが、歴史を自らの視線で捉え直し、新たな物語を切り出していく。そしてその物語は彼自身の行動を作り出すことにもなるのだ。

そしてデイヴィッドが「歴史」に投げかける視線は、彼の心境とともに変化する。ルーシーの家で暮らし始めたデイヴィッドが意識に上らせるのは、人生最後の大恋愛のさなかにあるバイロンではない。デイヴィッドはバイロンが一八二〇年、三二歳のときに書いた手紙を読みながら次のように考えている。

「女たちは輪になって座り、男たちはやるせなくトランプでファロをする」とバイロンは書いている。

不倫のなかに、結婚生活の倦怠がすべて蘇る。「私はいつも三〇歳という年齢を、情熱における本物の歓喜、あるいはすさまじい歓喜の限界として見つめてきた」

彼は再びため息をつく。なんと夏の束の間であることか。そのあとは秋、そして冬だ！（87）

デイヴィッドはこのときすでにメラニーにハラスメントで訴えられ、大学を追われている。メラニーがつけた「火」に接近する術もない状況にある。そんなデイヴィッドが共感するのは、やはり情熱の喜びを喪失したバイロンであるようだ。前述の『ドン・ジュアン』で若さの喪失と感受性の鈍化の結びつきが示唆されていたことからも、情熱の喜びの喪失は老いへの意識の高まりを指し示す。ここでデイヴィッドが意識に上らせるバイロンの姿は、デイヴィッドがすでに抱いている老いの景色を、改めて鮮明に彼の目前に描き出すのである。

次節ではデイヴィッドのより具体的なオペラ構想に焦点を当てながら、彼の変化に注目していく。

2　オペラ構想の変更――デイヴィッドの変化

準備期間を経て、デイヴィッドがより具体的にオペラの構想を練り始めるのは三人の黒人たちによる襲撃事件のあとだ。(5) そのオペラの構想を、彼は一度大きく変更している。ルーシーの住まいからケープタウンの自宅へ戻ったとき、それまでの構想に違和感を覚えたためだ。もっとも「最初はルーシーの農園で、そして今ここ「ケープタウンの自宅」で再び、この構想は彼の芯を引きつけなくなっている」（181）とあることから、違和感自体はルーシーの農場にいるときにすでに始まっていたと考えられる。とはいえ単純化すれば彼のオペラ構想は次の二段階に分けることができる。第一段階は事件後からケープタウン帰宅までの構想（以下、第一構想）、第二段階は帰宅後から先の構想（以下、第二構想）である。ここではまず二つの構想のそれぞれに注目してみよう。

第一構想は、「情熱的な若い女と、かつては情熱的だったが今は情熱的とはいい難い年長の男が登場する愛と死についての室内劇」として、また「複雑でせわしない音楽が背後にあり、想像上のイタリア語に絶えず近づこうとする英語で歌われる」オペラとして、計画されている（180）。前述のようにデイヴィッドのオペラ『イタリアのバイロン』は、『恥辱』冒頭において「室内オペラの形式による男女の愛についての瞑想」と説明されている。しかしこの第一構想においては「愛と死についての室内劇」と括られており、「死」という語が新たに加えられていることに気づく。さらにバイロンがすでに情熱を喪失してもいる。この点にもまた「死」への接近が感じられる。すなわちメラニーとの関係が生じる以前の『恥辱』冒頭から、黒人たちの襲撃を受けたあとの第一構想までに、デイヴィッドの構想には「死」が取り入れられるような変化があったことが想定される。また歌詞の英語がイタリア語を模倣しようとする点は、デイヴィッドがメラニーに語ったイギリス人のイタリアへの憧れを表しているようである。しかしそれが「想像上の」イタリア語であることは、イギリス人が信じたイタリアにおける情熱の架空性、あるいはその情熱への懐疑を示唆しているように見える。

第一構想の詳細をさらに確認しておこう。テレサとバイロンはグィッチョーリ邸で、嫉妬深いテレサの夫に見張られながら暮らしている。こうした息詰まる状況のなかで、二人は「挫かれた情熱」（180）について歌う。テレサはバイロンとの自由な生活を望んでいるが、バイロンの心境はテレサとはまったく異なるものだ。

バイロンはといえば、賢明さゆえ口にこそ出さないが、疑念を膨らませている。二人の馴れ初めのころの歓喜はもう二度とよみがえらないだろう、と彼は思う。風が凪いで、彼の人生は帆走を止めてしまった。ぼんやりと彼は静かな隠居を望み始めている。それが叶わぬならば、神格化を、死を。　（180）

すなわちテレサとの関係における歓喜の喪失は、バイロンを「死」へと方向づけるのである。このように第一構想では「死」が見え隠れするのだが、その「死」とはすべてバイロンに映し出される死の暗示である。そして一方には二人の関係を疑うこともなくバイロンに情熱を注ぎ続ける若いテレサが対置されている。ところがこの若いテレサにデイヴィッドは違和感を覚え始めるのだ。結局デイヴィッドはこの第一構想を破棄し、新たな構想にとりかかる。

第一構想から第二構想への最も大きな変化は時間の経過にある。第二構想ではバイロンはすでに没し、若い娘だったテレサは農婦のようなずんぐりした中年の寡婦となり、年老いた父親と暮らしている。テレサの人生においてはバイロンと過ごした日々が頂点だ。かつてバイロンの愛を獲得したことが彼女の唯一の誇りである。だがバイロンは生前、友人たちに宛てた手紙のなかでテレサを笑いものにしていた。そしてバイロンの死後、彼の手紙をもとに回想録が次々に出版される。そうした回想録によれば、バイロンはすぐにテレサに飽きてしまい、義務感からのみ彼女と過ごしていた。しかもギリシャへ向かったのはテレサから逃れるためだったという。しかしデイヴィッドのオペラのなかのテレサは、バイロンが没して長い年月を経た今もなお、「私のバイロン（*Mio Byron*）」と歌い続けている。すると死の世界にいるバイロンの幽《かす》かな声が聞こえてくる。テレサはその声をたぐり寄せ、彼を生の世界へ取り戻そうとするのである（181-83）。

第一構想では死はいまだバイロンの思考の内に留まっていたが、第二構想ではその死が現実化し、さらにテレサの若さも消失している。そしてテレサはオルフェさながら、黄泉の国から彼を連れ戻すという不可能な試みを繰り返しているが、死の現実を前にして、彼女の愛の望みが満たされる可能性はもはやない。しかもバイロンのテレサへの情熱は、彼女が信じているようなものではなかったようだ。すなわち第一構想から長い時を経た第二構想では情熱の不確かさが増すと同時に、「死」の様相がさらに濃厚になっている。

こうした第一から第二構想への変化には、やはりデイヴィッド自身の意識の変化が映し出されているだろう。実はこうした変化を予期し得る場面がある。その場面はデイヴィッドがまだルーシーの農園に滞在していた時期に遡る。彼は犬の死体を積んである診察室の床にベヴと横たわっているが、もはや二人が性的な関係を結ぶことはない。そしてこのときデイヴィッドはギリシャへ旅立つバイロンを次のように思い描くのである。

太陽が沈んでいく。寒くなってくる。二人は愛を交わしていない。それが二人ですることだというふりをするのは、もうやめてしまった。

彼の頭のなかではバイロンがただ一人ステージに立ち、息を吸い込んで歌い出そうとしている。ギリシャに向けて出発する間際だ。三五歳にしてようやく、命はかけがえがないとわかり始めている。

Sunt lacrimae rerum, et mentem mortalia tangunt. これはバイロンの言葉になる。そう彼は確信している。

（162）

これは「ギリシャへ、そして死へ」（182）の出帆である。[6] すなわちデイヴィッドはここでバイロンを死へと旅立たせるのである。“*Sunt lacrimae rerum, et mentem mortalia tangunt*” はウェルギリウス『アエネーイス』からの引用で、おおよその意味は「ここでも人の運命に涙が落とされる。死を免れぬ運命は人の心を打つ」である。[7] ファン・デル・フリースによれば、これはアエネーアスが「カルタゴの神殿の壁画に描かれたトロイ戦争の描写を眺め、戦争とその苦難の空しさを心底感じる」（Van der Vlies 101）シーンだ。一方、ここでデイヴィッドが思い描いているバイロンは、ギリシャ独立戦争に参戦するために旅立とうとしている。であれば『アエネーイス』の引用は、戦争の観点からこの場面のバイロンに結びつくわけではないはずだ。いいかえれば『アエネーイス』の引用は別の角度からバイロンに結びつかなければならない。

実はこの場面の直前、前章でも触れたようにデイヴィッドはルーシーから「私はいつまでも子どもではいられません。あなたもいつまでも父親ではいられません」（161）と手紙で告げられている。そしてこの場面の直後に、ペトラスがルーシーを守るとベヴにいわれ、ルーシーの父親でなくなることなど「想像できない」（162）と彼は嘆く。つまりこれは父であることの終焉が迫っていることを、デイヴィッドが痛烈に意識している場面といえる。さらにこの場面にはデイヴィッドの性の終焉も打ち出されている。デイヴィッドはここでベヴと横たわっている。すでに見てきたように情熱を欠いたベヴとの関係は、そもそもデイヴィッドの性および生の終末を暗示するが、この場面では男女関係を装《よそお》うことすら放棄されるのである。すなわち父娘関係と男女関係が複雑に結びついている『恥辱』においては、父の終焉と性および生の終焉は同時的なのであり、ここではその双方からデイヴィッドの内部で死の意識が一段と深まっていることが示唆されている。

そしてこのときデイヴィッドが思い描くのが、今まさに死へ旅立とうとしているバイロンの姿だ。つまりデイヴィッドは自らの終焉を強く意識して、バイロンを死の旅へ送り出すのである。デイヴィッドはここで再び、彼自身とバイロンをより合わせているだろう。彼は自らの現実を重ねる形で、ギリシャに旅立つバイロンを描き出す。そしてデイヴィッド自身もこのあとすぐに、自分が旅立たせたバイロンさながら旅立つのである。彼はルーシーのもとを離れケープタウンの自宅へ向かう。つまりペトラスのもとにルーシーを残して彼は去るのだ。さらにこの旅程における最初の目的地はメラニーの実家である。メラニーの父アイザックスに謝罪を行うためだ。彼はいわばメラニーの父の座をめぐり、アイザックスに対し敗北を認めようとするのである。つまりこれはデイヴィッドがルーシーおよびメラニーの父の座を明け渡す旅路であり、自ら父の座を降りるという決意の表明なのである。この旅路においてデイヴィッドは彼の意識の内部でギリシャへ、また死へと旅立ったバイロンをなぞっているのだと考えられる。ここにもまた作り作られる創作の過程が垣間見える。

そして『アエネーイス』への共鳴も「死」の視点から考察し得る。つまり「死を免れぬ運命」への共鳴だ。ペトラスやアイザックスとの父の座をめぐる対峙には、アトウェルのいう男性性における支配と復讐の連鎖が示唆されている。であれば「戦争とその苦難の空しさ」をデイヴィッドも感じ取っているのかもしれない。しかしさらに強力に打ち出されているのは、父の座をめぐり敗れていかざるを得ないデイヴィッド自身の「死を免れぬ運命」への感慨であるだろう。すなわち『アエネーイス』においてアエネーアスは仲間たちの死を憂えたのかもしれないが、デイヴィッドが見つめているのは彼自身の死の運命だ。そしてデイヴィッドがバイロンを呼び込む理由もこの点にある。つまり『アエネーイス』からの引用がバイロンの言葉であるのは、デイヴィッドがギリシャに旅立つバイロンを自らの「死ぬべき運命」を見つめる人物として捉えているからだろう。いいかえればギリシャへ向かうバイロンはそのような解釈を許し、デイヴィッドが彼自身を重ね得る人物なのだ。さらにデイヴィッドは「命はかけがえがない」ことをバイロンが理解し始めたと語っているが、これもやはりデイヴィッドが共有する心境であるのだろう。前述のようにデイヴィッドはバイロンの手紙を読み、「なんと夏の束の間であることか。そのあとは秋、そして冬だ！」（87）と感慨に浸っている。デイヴィッドも彼のバイロンも、今まさに冬へ足を踏み入れようとしている。そしてその地点に立つからこそ「命はかけがえがない」ことが鮮明になる。すなわち死の様相が濃厚になるにつれ命が輝きを増していくという構図がここに浮かび上がるのである。[8]

3　情熱の欠如

ケープタウンにおいてデイヴィッドがオペラの構想の改変に至った経緯には、前述のように「死へ」の出発があったと考えられる。そして変化はオペラの音楽にも表れる。当初はグルックなどから借用するつもりでいたが、借用では不十分に感じられるようになり、デイヴィッド自身が作曲するようになるのだ。このとき彼はピアノを斥け、タウンシップのクワマシュで当時まだ子どもだったルーシーに買い与えた玩具のバンジョーの音に引きつけられていく。[9] そしてこのバンジョーの音がデイヴィッドにオペラにおける彼の居場所を教えることになる。「半年前」、彼は自分の居場所を「テレサとバイロンの間のどこか。情熱的な体の夏を引き延ばそうとする切なる思いと、忘却の長い眠りのなかから不承不承記憶を喚起することの間」（184）と考えていた。しかし第二構想に入り、作曲も開始するようになると彼の在りかは次のように変化する。

結局、彼に訴えかけてくるのは官能的なものでも哀歌的なものでもなく、喜劇的なものだった。オペラのなかに、彼はテレサとして居るのでもバイロンとして居るのでもなく、二人を混ぜ合わせたものとして居るのですらない。彼は音楽そのものにとらわれているのだ。バンジョーの弦を弾いたときのその平板で小さな音に。そしてこの滑稽な楽器から離れて懸命に舞い上がろうとするものの、釣り糸にかかった魚のように絶えず引き戻される声に。

(184-85)

すなわち玩具のバンジョーの音とバンジョーにいわばとらわれた声に、デイヴィッドは喜劇性を感じるとともに彼自身の居場所を見出すのである。

では声はどこへ舞い上がろうとするのだろう。バンジョーの音と声がデイヴィッドの在りかだとすれば、舞い上がろうとしては引き戻される声の動作は、デイヴィッドに到達しようとして到達できない地点があることを示唆しているように見える。その原型がイタリアで生み出されたピアノは、響きが豊かすぎるために退けられている。バイロンはロマン派詩人であり、ピアノ音楽が隆盛を極めるのもロマン派の時代であるとすれば、南アフリカの現代に生きるデイヴィッドが西欧のかつてのロマン主義に接近しようとすることの滑稽さとその不可能性が、ここに暗示されているのだろうか。ただしより直接的にはイタリアに想定されていたような「情熱」もしくは「火」が、デイヴィッドの到達しようとして到達できない地点なのではないか。こののちデイヴィッドは自らを以下のように評している。

悪い男ではないが善くもない。冷たくはないが、最も熱くなっているときですら熱くもない。テレサの尺度で見ても、バイロンの尺度で見てすらも。火の欠如。これは彼への審判なのか。宇宙とその万物を見通す目の審判なのか。[10]

(195)

これはデイヴィッドがメラニーのボーイフレンドであるライアンの言葉に打ちのめされ、通りすがりの若い娘と関係を持った直後に語られる内容だ。ここからオペラにおけるデイヴィッドの居場所がテレサでもバイロンでもないことの理由が推察される。すなわちデイヴィッドは自分自身が彼らのような情熱を持ち得ないことに意識的であるのだ。バンジョーの小さく平板な音はあたかも彼の「火の欠如」を象徴しているようだ。そしてデイヴィッドはここでその欠如を運命のように感じているが、一方でその運命に抗おうとしてきた気配もある。

『恥辱』冒頭ではデイヴィッドについて「セックス面で彼の気質は〔……〕情熱的であったことはない」(2)と語られている。そしてメラニーの父アイザックスを訪ねた際、デイヴィッドは「火が消えたなら、またマッチを擦って別の火を起こせばよい」と考えていたが、「昔の人々は火を崇拝した。炎を、炎の神を絶やす前にためらった。お嬢さんが私に灯したのはそんな炎だった。私を焼き尽くすほどには熱くなかったが、本物だった、本物の火だった」と話している(166)。こうしたことからデイヴィッドはメラニーとの関係において、彼にはほとんど得られることがないような「本物の火」に出会ったと感じ、これを尊重するあまり大学の教職を犠牲にしてまでも、彼女との関係を省みることを拒んだのだと考えられる。そしてデイヴィッドのこのような火への、換言すればエロスにおける情熱への執着はすでに見てきたように、生への執着といいかえることが可能だ。とすればそもそも情熱的になれないデイヴィッドは十分に生きたという感覚を持たない人物であり、そのために死を意識する今、彼を「焼き尽くすほど」の「火」を求めているのかもしれない。すなわち情熱を燃やすことこそが生であり、生の燃焼なのだ。

ところでデイヴィッドはまた、アイザックスに「私には抒情性が欠けている。私は愛をうまく扱いすぎてしまうのだ。燃え上がっているときでさえ歌わない」(171)と話してもいる。デイヴィッドはワーズワスの弟子を自認している。そしてワーズワスは『抒情歌謡集』(*Lyrical Ballads*)の序文で、「情熱」こそ詩を生み出す源泉であると繰り返し述べている。すなわち情熱を欠くデイヴィッドは、詩の源泉をも欠いていることになる。「最も熱くなっているときですら熱くもない」デイヴィッドは、「燃え上がっているときでさえ歌わない」のだ。したがってデイヴィッドの到達しようとして到達できない地点とは、生そのものであるようなエロスにおける情熱と考えられるが、その情熱は詩を生み出す情熱と結びついてもいるのだと理解し得る。オペラの第二構想において、デイヴィッドは死の世界にいるバイロンに「詩人たちから私は愛することを学んだ。〔……〕だが人生は〔……〕また別の話と知った」(185)と歌わせている。この歌詞はデイヴィッド自身の言葉でもあるのだろう。

とはいえデイヴィッドには創作へと彼を衝き動かす力が残っているようだ。彼はオペラに自分自身の在りかを発見したのち、「そう、これが芸術だ、〔……〕そしてこれが芸術の為《な》せる業《わざ》だ!　なんて不思議な!　なんて魅惑的な!」(185)と感嘆するほど、寝食を忘れて創作に打ち込むようになる。彼は宿命的な情熱の欠如を感じている。しかしだからこそそれを求め続けること、何度引き戻されてもそこに到達しようとし続けることの表現に没頭していくのだ。物語終盤には「彼の抒情の衝動は死んではいないのかもしれない。だが何十年もの飢餓のあとには、やつれ、発育不全になり、歪んだ形になって、ようやく洞穴から這い出してくるばかりだ」(214)と語られている。デイヴィッドの「抒情の衝動」は、ワーズワスやバイロンのようなロマン派詩人の情熱に比肩し得る華々しいものではないようだ。またその衝動は彼が望んだものとは異なるのかもしれない。しかし彼の創作が「抒情の衝動」といった力に支えられていることを、この語りは示唆しているだろう。

ところでオペラ創作に没頭するデイヴィッドの内面に、あるとき湧き上がってくるのがバイロンの娘であり、父に愛されず、修道院で暮らしているアレグラの声だ。[11] マーゴット・ビアードは、『恥辱』におけるワーズワスとバイロンに注目した論考のなかで、このアレグラについて次のように述べている。

> 情熱はバイロンにはおなじみの複雑さを伴いつつ、創造と破壊の両方のエネルギーとなっている。生に、また創造性に不可欠でありながら、情熱はしばしば潰滅的な結果をもたらす。それゆえアレグラもまた、呼び込まれている。この望まれない娘は、父バイロンのより破壊的な情熱を痛烈に思い起こさせる存在だ。(Beard 73-74)

このようにビアードはアレグラの登場に破壊的情熱の暗示を見ている。デイヴィッドに聞こえてくるのは、マラリアに冒され死の床にあるアレグラの声だ。「とても熱い、熱い、熱い」(186)と彼女は訴える。熱は情熱や火に連関する。たしかに情熱における負の側面の暗示をここに想定し得る。アレグラはさらに「どうして私を置いていったの? 迎えに来て!」(186)と父に呼びかける。ここで喚起されるのはデイヴィッドのケープタウンへの出発が、ルーシーの父の座を手放すことを意味していた点だ。であればバイロンの娘アレグラの出現は、父の役割を放棄したことへの自責の念が、無意識のうちにもデイヴィッドの内部に積み上がっていることを物語るのだろうか。レイプ事件のあと、デイヴィッドは黒人たちの暴力を白人への復讐と捉え、「復讐は火のようなもの」(112)といい表し、さらに燃え広がる可能性をルーシーに諭している。ここで「火」とは、人々が崇拝したという前述の火と対照的だ。生をもたらすのではなく、生を破壊する火である。そしておそらくデイヴィッドにはルーシーが復讐の火の犠牲になるという憂懼《ゆうく》があり、それがまだ幼いアレグラの「熱い」という叫びとなって聞こえてくるのだ[12]。

ところで父を呼ぶアレグラにバイロンは応じない。「なぜ彼女の父は答えようとしないのだろう？　それは生きることがもうたくさんだからだ。それよりは彼の居場所へ、死の向こう岸へ戻り、もとの眠りのなかに沈んでいたいからだ」（186）とその理由が示されている[13]。これもまたデイヴィッドが共有する心情であるのかもしれない。すなわち父であることの疲労、いいかえれば支配と復讐の連鎖に対する倦怠感がここに表明されているのではないか。すなわちデイヴィッドには生への執着と倦怠が同時的に存在しているのだと考えられる。

以上のように『恥辱』において「情熱」もしくは「火」は両義性を備えている。そしてこれは物語全体を貫く重要なモチーフであるだろう。負の側面をさらに推し進めてみるならば、メラニーがデイヴィッドに灯したという「本物の火」（166）でさえ、すでに見てきたようにメラニーには「死」の状況を暗示する。一方デイヴィッドは、黒人たちによる襲撃を受けたとき、実際に頭に火をつけられて火傷を負っている（ゆえに「本物の火」に焼き尽くされることを望む彼が、本物の火で頭を焼かれて慌てて消火し、さらに物語終盤で「火の欠如」を嘆くという流れは、実は滑稽味にあふれている）。さらに詳細については後述するが、安楽死により処分された犬たちの死体は火に焼《く》べられる。しかしデイヴィッドは生の情熱を求め続ける。そして彼はそこへ到達しようとし続ける姿を、オペラにおいてテレサの「不死の願い（immortal longings）」（209）に表現していくことになるだろう。しかしそれについて考察を進める前に、まずはデイヴィッドと犬たちとの関わりについて注目したい。犬たちはデイヴィッドの「不死の願い」に合流していく存在であるのだ。

4　犬――二つのグループ

『恥辱』に登場する犬たちは、ルーシーが飼っている老いた牝ブルドッグのケイティを除き、すべて殺される運命にある。この犬たちを大きく二つのグループに分類することができる。黒人たちが銃殺するグループと、ベヴとデイヴィッドが安楽死の形で薬殺するグループだ。前者に属するのはルーシーが預かっている犬たちであり、後者に属するのはベヴが周囲の人々から依託された犬たちである。デイヴィッドは双方の犬たちの死に直面することになる。

まずは一つ目のグループに注目してみよう。ルーシーは小農園を営む傍ら、犬を預かる商売をしている。彼女が預かるのはすべてドーベルマンなどの番犬だ（61）。この犬たちを指してルーシーが「犬が多いほど、防犯効果が高まる」（60）と話していることなどから、このグループの犬たちは皆、黒人に対する武器、また警戒システムの一部として白人に所有されている犬であると推察される。[14] デイヴィッドとルーシーが黒人三人の襲撃を受けた際、この犬たちはすべて射殺される。このときデイヴィッドの視線は、血や脳を飛散させる犬、瀕死の状態で放置される犬、またおびえながら射殺されていく犬たちの生々しい姿を捉えていく（95-96）。犬たちは武器や警戒システムの一部といった、その体に付されたあらゆる意味を振るい落とし、苦しむ体そのものとして圧倒的な存在感を放っているように見える。クッツェーのいう「苦しむ体の権威」が喚起される場面だ（*Doubling* 248; 本書第一章参照）。しかしデイヴィッドは犬たちの死骸を埋めながら、「犬が黒人の匂いを嗅いだだけでうなるようにしつけられた国」では、この虐殺が「あらゆる復讐と同じように陶酔をもたらす、満足のいく午後の作業」であっただろうと考える（110）。復讐の場面において、憎悪が注がれた苦しむ体は復讐者の愉悦にさえなることを、したがって「苦しむ体の権威」はことごとく無視されることを、この言葉は示唆しているだろう。

次に二つ目のグループに注目してみよう。ベヴは動物愛護の立場からクリニックを運営しており、そこにはさまざまな動物が連れ込まれる。その多くは犬であり、クリニックに設けられた二つの犬舎には犬たちがひしめき合っている。この犬たちはルーシーが預かる手入れの行き届いた毛並みのよい純血種とは対照的に「やせこけた雑種の群れ」（84）だ。飼い主は口にこそ出さないが、彼らが消えていなくなることを望んでいる（142）。したがって引き取り手がない場合、ベヴが安楽死させている。デイヴィッドはこの安楽死を手伝うことになる。犬たちを殺さなければならない理由について、ベヴは「人間の基準で数が多すぎる」（85）からだという。デイヴィッドはベヴの仕事が治療ではなく安らかな死へ導くことだったのだと気づき、彼女は実のところ獣医ではなく「アフリカの苦しむ獣たちの荷を軽くしてやろうと滑稽にも懸命になっている女祭司」（84）なのだと思う。一方ルーシーは、ベヴと自分の目的は「人間の特権のいくらかを動物たちと分かち合うこと」（74）だと話している。つまりベヴは人間にとって厄介な存在になった犬たちに、暴力的な死ではなく、「人間の特権」ともいうべき安楽死を与えることに注力しているのである。

犬たちの苦しみに可能なかぎり配慮をめぐらせたベヴによる安楽死は、一つ目のグループの暴力的な銃殺とはまさに対象的である。ただしデイヴィッドはどれほどベヴや彼自身が善意に基づいて犬たちに接しても、「犬たちは終わりの時が来たことを知っている」と確信する。そして診察室に連れて行かれる際の犬たちの痛々しい姿――抵抗する犬、哀れに鳴く犬、彼の手を舐める犬など、死を予感する犬たちの姿――が、デイヴィッドの意識に映り込む（143）。すなわち二つ目のグループの犬たちもまた、死に際して大きな苦しみを表明するのであり、このとき黒人たちが与える死とベヴおよびデイヴィッドが与える死の差異は不鮮明になっていく。いずれも生きようとしている犬たちなのであり、こうした犬たちにとって、憎悪に貫かれた黒人たちにもたらされる死と配慮を張りめぐらせたベヴらの安楽死に、どれほどの差異があるのだろうか。問いは開かれたままに置かれている。

一方で安楽死の手伝いを続けるデイヴィッドには変化が起こる。ある日その作業を終えて帰宅する途中、「涙があふれて頬をつたうのを止めることができない」という彼自身にも説明がつかない事態が生じるのである（142-43）。犬たちを殺す作業に携わるうちに、彼の内面には言葉ではいい表すことができない動揺が積み上がっているようである。

デイヴィッドはこれに似た動揺を、屠殺の運命にある子羊たちとの関わりのなかで覚えている。ペトラスは自分のパーティーに供するために二頭の小羊を連れて帰り、水も草も与えずにむき出しの地面の上につなぎ止めておく。子羊たちは苦しげに鳴き続けてデイヴィッドを苛立たせるが、ペトラスが気に留める様子はない。仕方なくデイヴィッドは子羊たちの世話を始め、そうするうちに小羊たちとのつながりを感じるようになる。「それはこの二頭との特別なつながりなのではない。野の群れに交われば、他と見分けることすらできないだろう。にもかかわらず、突然わけもなく子羊たちの運命が重要になった」とデイヴィッドは考える。さらに彼はルーシーに「動物たちに正しく個々の生があるとは今も思っていない。動物たちのどれが生きてどれが死ぬか、私にとっては悩むほどのことではない」、しかし「それでも今回は動揺するんだ。なぜなのかわからない」と訴える（126-27）。すなわちデイヴィッドはこの場面でも死の運命にある動物につき添ううちに動揺を感じている。

クッツェーが『恥辱』と同時期に創作に取り組んでいた『動物のいのち』（*The Lives of Animals*, 1999）では、作家コステロが「動物にとって命が私たちと同じほどには重要ではないという人は、命のために戦っている動物を両手に抱えたことのない人です。その動物の全存在がその戦いに無条件に投げ出されているのです」と主張し、さらに自分の言葉が説得力を持たないのであれば、「誘導路を棒で突かれ、屠殺人のところまで降りていく動物に、ぴったり寄り添って歩いてみてください」と訴える（*Lives* 65; *Elizabeth* 110-11）。クッツェーは死へ向かう動物たちに寄り添うという意味において、デイヴィッドにコステロの言葉を実践させているように見える。そしてその結果デイヴィッドに生じるのが、説明のつかない動揺なのである。動物の命の重さを説得力のある言葉に置きかえることができないコステロと同様に、デイヴィッドもまたその動揺を言葉にすることができない。

ところで動物の扱い方に、都会と田舎のあり方が映し出される場面がある。デイヴィッドがペトラスの子羊の扱い方についてルーシーに不満を漏らすと、ルーシーは「何をお望みなのかしら？　屠殺は食肉処理場でやってくれということ？　あなたがそのことについて考えなくてすむように？」と問う。そしてデイヴィッドが「そうだ」と答えると、ルーシーは「目を覚ましてよ、デイヴィッド。ここは田舎。ここはアフリカなのよ」と応じるのである（124）。ルーシーの言葉には都会と田舎、西洋とアフリカの二項対立が示唆されている。この対立はまた「都会人」（6）もしくは「西洋人」（202）の意識を持つデイヴィッドと、この土地に住むペトラスの対立でもあるだろう。そしてデイヴィッドはペトラスが象徴する田舎を「無頓着、冷淡」（125）と批判する。ただしルーシーの言葉は動物の苦しみを視界の外に置こうとするデイヴィッドの態度に大いに疑問を投げかけるものだ。さらに彼女の言葉は『動物のいのち』のコステロの発言を喚起するものでもある。コステロは食肉処理場をホロコーストにたとえ、収容所の周囲に居住しながらその内部で行われていることについて「ある意図的な無知」を決め込んだ人々は、そのために「人間性を失った」のだとあからさまに非難しているからだ（*Lives* 20; *Elizabeth* 64）。結局ルーシーの言葉は、田舎に対する「無頓着、冷淡」というデイヴィッドの非難をそのまま都会へ、そしてデイヴィッド自身へ跳ね返すのである。

5　犬の火葬

襲撃事件が起こる以前、犬は人間を神のように扱うが、人間は犬を物のように扱うと訴えるルーシーに対し、デイヴィッドはキリスト教の「教父たちは動物について長いこと議論し、動物には本物の魂がないと決定した」と応じる。さらに「動物の魂は肉体に結びつけられていて、肉体とともに滅びる」一方で、人間である「我々は生まれる前から魂」なのだと説く（78-79）。デイヴィッドは神の信仰者ではないとメラニーの父親に告げていることから（172）、キリスト教を信仰しているわけではないと考えられるが、少なくともこの時点では教父たちの決定に同意しているように見える。しかし彼はのちに、こうした発言とは矛盾した行動をとるようになる。その際立った例が犬の死体の焼却だ。

デイヴィッドは犬の安楽死を手伝ううちに、死体の焼却を請け負うようになる。本来、犬の死体は「セトラーズ病院」の焼却炉まで運び込みさえすればよい。しかしそうすると犬の体がしばらくの間ごみ捨て場に積み置かれ、さらに炉までスムーズに通るように、作業員にシャベルでたたき割られることになる。こうした事態にいたたまれず、デイヴィッドは自らの手で一つ一つ丁寧に犬の死体を焼却するようになる（144-45）。彼はその役割について以下のように語る。

犬たちがクリニックに連れてこられるのは不要だからだ――ぼくたち、おおすぎるから。彼〔デイヴィッド〕が犬たちの生活に入り込むのはその地点だ。彼は犬たちの救済者には、犬を多すぎると思わない人間には、なれないかもしれない。でも犬たちが自分の面倒を見られなくなったら、完全に見られなくなったら、ベヴ・ショウですら手を引いたら、彼には犬たちの面倒を見る用意がある。ドッグ・マン、かつてペトラスは自分自身をそう呼んだ。それなら今は彼がドッグ・マンだ。犬引き受け人、犬の霊魂の導き手、ハリジャン。[15]　（146）

デイヴィッドは彼自身を「犬の霊魂の導き手」と呼び、死後の犬たちの面倒を引き受ける意志を示している。すなわち彼はここで肉体とともに滅びることのない動物の魂を肯定しているのであり、これは動物には本物の魂がないとする教父たちの決定とは矛盾する。デイヴィッドはまた、動物の死体を扱う彼自身をインドの「ハリジャン」に喩えてもいる。「ハリジャン」とは不可触民を指すが、この言葉は「サンスクリット語の *harijana* からきており、ヒンドゥー教のヴィシュヌ神（*Hari*）の恩寵を受けた人（*jana*）」（Van der Vlies 99）という意味を持つ。[16] このようにヒンドゥー教が仄めかされている点にも教父たちの決定からの隔たりを見出し得る。すなわちデイヴィッドの動物に対する態度は明らかに変化している。そしてこの変化は前節で見たように、動物の死に寄り添ってきたことから生じた変化であるのだと推察し得る。

　犬の魂を見つめているデイヴィッドは、単に死体の焼却を行っているのではなく、犬たちの火葬を独自に執り行っているのだといえる。このように犬の火葬に従事する理由について、彼は「自分の世界観のため、処理に都合がいいように死骸をシャベルでたたき壊さない世界のため」（146）と語っている。病院の作業員が犬の死体を躊躇なく破壊するのは、彼らにとって犬の死体が単なる物に過ぎないからだろう。教父たちの教えも動物が物のような存在であることを示唆しているが、デイヴィッドは極めて合理的な利益追求のなかで動物が物として扱われる現実を、この地で見つめている。前節で見てきたように、ペトラスにとって屠殺する子羊は食肉以上のものではなく、その苦しみに頓着することは無意味なのである。そしてこのことはデイヴィッドを少なからず悩ませている。彼の視線はまた、ごみのなかから利益になる物を拾い上げようと、焼却炉の周囲に集まる人々を捉えてもいる。彼らは犬の遺体にはまったく興味を示さない。なぜなら「死んだ犬の一部が売れるわけでも、食べられるわけでもない」(145) からだ。動物が物と見なされ、物としての価値が追求されるという、都会では隠蔽されがちな現実を、デイヴィッドはこの地に来て文字どおり目の当たりにする。そして犬の火葬を通じて、こうした現実に抵抗する彼自身の「世界観」を表してみせる。彼はかつてルーシーに対して否定した動物の魂の導き手となり、動物の魂の存在を指し示して、動物が物ではないことを主張するのである。さらに犬の火葬がいかなる利益をも生まないこともまた、動物に対する極めて合理的な利益追求に抵抗する姿勢を示すことになるだろう。

ちなみにデイヴィッドはここで彼自身を「ドッグ・マン」とも呼んでいる。以前犬の世話を請け負っていたペトラスが、彼自身を指してそう呼んだのだが、今はデイヴィッドが「ドッグ・マン」なのである。ルーシー・グレアムは、ペトラスからデイヴィッドへの「ドッグ・マン」の移動に、二人の立場の逆転を見出している (Graham 12-13)。しかしここでデイヴィッドの口調には転落の悲哀はなく、むしろ彼自身の世界観に従事することへの自負の響きが漂う。

ところで犬の火葬における利益追求への抵抗には、動物という枠組みを超えた広がりを想定し得る。『恥辱』の冒頭では「大合理化政策」の影響下で、デイヴィッドが所属する大学で文学を教える場がほとんど失われたことが述べられている[17] (3)。こうした合理化への言及には「二〇世紀末のグローバルな現象」

(Attridge, *J. M. Coetzee* 166)への批判が込められているとアトリッジは主張する。すなわち『恥辱』の背景に、「業績評価指標と成果測定の時代」とも呼び得るような「新たなグローバル時代」において合理化が進行する社会があり、『恥辱』はこれを「強い嫌悪感を持って描き出している」というのである(173)。であれば犬の火葬の場面はとりわけそうした世界のあり様に強い抵抗を示すものだろう。デイヴィッドは犬の火葬への従事について、さらに次のように考えている。

世界にあるいは世界観に献身するもっと別の、もっと生産的な方法があるはずだ。〔……〕だがそんなことをする人々はほかにいる——動物福祉のことにしても、社会復帰のことにしても、バイロンのことでさえ。彼は死体の名誉を守る。そんなことをするほどの馬鹿がほかにいないからだ。それが今、自分がなりつつあるものだ。馬鹿で、愚かな、頑固もの。(146)

犬の火葬は極めて非生産的である。それは人に利益をもたらさないばかりか、犬の利益にすらならないのかもしれない。実際、デイヴィッド自身が犬の死体の名誉を守ってみたところで「犬に名誉や不名誉の何がわかるというのか?」(146)と自問してもいる。しかしそうした誰も顧みないような非生産性に献身することは、まさに合理化社会へ反旗を翻すことになるだろう。アトリッジは犬の火葬に従事するデイヴィッドに「自己の倫理的誠実さを維持しようとする深遠な要求」(187)を見出し、以下のように主張している。

それは世界観への説明のつかない、筋の通らない、実際的ではない献身によって、個人的に命じられている自分自身に気づくという経験だ。その世界観には不都合なもの、処理不可能なものを受け入れる余地がある。〔デイヴィッド・〕ルーリーの頭に浮かぶ言葉ではないし、浮かぶはずもないが、私はこれを恩寵（*grace*）と呼ぶ[18]。（187）

アトリッジはこのようにデイヴィッドの犬の火葬を非常に肯定的に捉えている。たしかに一切の利益追求から かけ離れた犬の火葬は、デイヴィッドの世界観への献身であり、彼の倫理観が映し出されてもいる。ただしここで思い出さなければならないのは、この犬たちが安楽死させられた犬たちであることだ。そしてデイヴィッドもまた、「犬を多すぎると思わない人間には、なれない」ことを忘れてはならないだろう。安楽死させられる犬たちは、いわばアトリッジのいう「不都合なもの」だ。デイヴィッドはベヴとともに、その「不都合なもの」の排除に携わっているのである。動物の苦しみに配慮を張りめぐらせた安楽死は、たしかに動物を物と見なす行為ではない。しかしその一方で、人間に利益をもたらすという正当化に基づいた暴力であることは否めない。すなわち犬の処分において、デイヴィッドもまた合理化への加担を免れてはいないのである。そしてこの加担を通じて、彼は動物が物ではないことをますます感じとっていくのである。

6 『夷狄を待ちながら』の創作ノート――死者の埋葬

ところで『夷狄を待ちながら』の創作ノートには、『恥辱』の犬の火葬を喚起させる埋葬の場面が記されている。ただし埋葬の対象は犬ではなく人だ。創作ノートでは内戦が始まるなか、強制労働収容所に送られた男が自ら進んで遺体の埋葬に従事する。この内容は完成版『夷狄を待ちながら』にはほとんど取り入れられていない[19]。一方で『恥辱』の犬の火葬には、細部においても類似性が認められる。たとえば一九七七年八月二八日のメモには次のように記されている。

彼は進んでトイレ仕事を、やがては死者の処分を引き受ける。このために彼は収容所の仲間から忌み嫌われるようになる。しかし彼の気持ちは変わらない。すなわち彼に必要なのは、ほかの誰も行わないこと——死体のための儀式——を行うことだ[20]。（*WFB* NB1, 28 Aug. 1977）

「ほかの誰も行わないこと——死体のための儀式——を行う」という点は、『恥辱』の「彼は死体の名誉を守る。そんなことをするほどの馬鹿がほかにいないからだ」（146）という内容に重なる。このように細部にも類似性が見出されるのであれば、創作ノートを通じて『恥辱』の犬の火葬場面の読解を試みることも有効であるだろう。

さらに創作ノートに記された死者の埋葬に注目してみよう。同年八月三〇日のメモには、男が強制労働収容所で下働きを学び、ついには死体の処理に取り組むようになったことは「彼の内面的解放に関わっている（どのようにかは今のところ不明）」（*WFB* NB1, 30 Aug. 1977）と記されている。またその数日後のメモでは、罪の意識から逃れることで彼には癒しが得られることが述べられ、その癒しの内容が以下のように説明されている[21]。

彼が試みる癒しは、儀式的／宗教的だ。それは死者に対する敬虔な行為にある。遺体への敬意。祈り。墓作り。回想の努力を通じて、それぞれの顔と永眠の地の想起。彼は紙には何も記さない。その紙が発見されることを恐れるからではなく、回想が敬虔だからだ。死者の名簿を調べることが、徐々に彼の精神生活のすべてになっていく。（*WFB* NB1, 3 Sep. 1977）

男は死者の体を敬虔に埋葬することにより、罪悪感からの解放もしくは癒しを得ているようだ。当然のことながら、こうしたメモの内容と『恥辱』における犬の火葬を単純に結びつけることはできない。しかし『恥辱』の内容にそって犬の火葬にデイヴィッドの内面的な解放を想定してみることは可能だろう。犬は人間の基準において多すぎるために処分されている。これはいわば人間の利益に基づき正当化された暴力である。デイヴィッドは安楽死とはいえ、その処分を手伝ううちに大きな動揺を感じていく。一方で犬の火葬は一切の利益追求を排した行為であると同時に、すでに感覚のない体を敬虔に扱うという意味において極めて非暴力的である。このように犬の処分とは対極にある犬の火葬が、デイヴィッドに罪悪感からの解放や癒しをもたらすことは十分に想定し得る。

また創作ノートでは、特に死者の回想が敬虔な行為として重要性を帯びている。そして男は死者全体を一括りにするのではなく、一人一人を個別に想起することに努めている。この個別の想起は死者を生かそうとする行為と呼び得るのかもしれない。同日のメモでこの先の展開が検討されているのだが、そのアイディアの一つとして「死者の顔が生き返り始める」（*WFB* NB1, 3 Sep. 1977）と記されている。そして『恥辱』のデイヴィッドもまた、犬の火葬において個を意識しているようだ。そのことは希薄な形ではあるが、ケープタウンに戻ったあと彼が犬のことを考える次の一節に仄めかされている。

犬たちについては考えたくない。月曜からは、クリニックの壁の内側で命から解き放たれた犬たちは、

区別されることも悼まれることもなく火のなかに放り込まれるだろう。この裏切りをいつか許してもらえるだろうか？（178）

このように「区別されることも悼まれることもなく」とあることから、デイヴィッドは犬の火葬において、個別の追悼に努めていたのだと考えられる。これに関してアトリッジは以下のように述べている。

ここで死んだ動物たちへの彼〔デイヴィッド〕の奉仕は、区別することと悼むことと理解される。それはすなわち、それぞれの犬の死の個体性を銘記することであり、その個体性とは死んだ動物たちが、単なる物体の集積に減じられることに異議を唱えるものだ。デリダのように、彼は個々の創造物の単一性を認めるという不可能な任務を選択することで、「動物」というカテゴリーに暗に含まれる一般化に抵抗するのである。[22]（Attridge, *J. M. Coetzee* 188）

たしかに「単一性を認める」ことには、動物が物と見なされることへの抵抗を見出し得る。デイヴィッドはペトラスが屠殺する子羊について「動物たちに正しく個々の生があるとは今も思っていない」（126）と語っているが、犬の火葬においては積極的に個別性を主張していることになる。これもまた死に向かう動物たちにつき添うことから生じた変化と考えられるだろうか。

さて以上のように、『夷狄を待ちながら』の創作ノートに記された死者の埋葬と『恥辱』における犬の火葬には類似性が認められる。このことはクッツェーがこうした内容を長期にわたり考え続けていることを示唆する。そこには他者の命をどう認識し得るかという問題が含まれているだろう。そして人から犬への対象の移動は、クッツェーが命という観点において人間と動物の境界を取り外していることを映し出す。そのことにより命の認識の問題は、さらに困難な様相を呈するのである。

7　不死の願い

バイロンがすでに没した状態にあるオペラの第二構想において、行き場のない情熱を抱え、独り舞台に残されたテレサが歌うのは「不死の願い（immortal longings）」（209）だ。[23]デイヴィッドはケープタウンでしばらく暮らしたのち、ルーシーを案じて再び東ケープ州のセーラム周辺にあるルーシーの小農園に戻る。そこでルーシーがレイプにより妊娠していたこと、またレイプ犯の一人であり、精神障害を抱えているらしいポルックス少年が、ペトラスの家で暮らしていることを知る。あるときデイヴィッドは浴室のルーシーをのぞき込んでいるポルックスを発見し、「激情に駆られて（in the throes of passion）」（209）彼を殴りつける。デイヴィッドは自らの野蛮な行為を恥じる一方、ルーシーにまとわりつくポルックスへの怒りを抑えることができない。彼は自分が「変わらなくてはいけない」と感じるものの、「変わるには年を取りすぎている」と思う[24]（209）。そして次のように語るのである。

だから彼はテレサに耳を傾けなければならないのだ。テレサは彼を救える最後の一人かもしれない。テレサは過去の栄誉だ。彼女は太陽に向かって胸を張る。召使いたちの前でバンジョーを奏で、彼らが薄ら笑いを浮かべても気にかけない。テレサには不死の願いがあり、その願いを彼女は歌う。彼女が死ぬことはない。[25]　(209)

ではテレサの「不死の願い」とは何か。またなぜ彼女は死なず、彼の最後の救い手となるのだろう。

オペラの第二構想においてテレサは、死後の世界にいるバイロンを求め続ける。これが一つの「不死の願い」のあり方だ。彼女はバイロンの愛を求め、彼を生の世界に取り戻そうとする。このとき愛と生を止《や》むことなく求め続けるという意味において、不死とはまず不断であることを表しているだろう。

しかしテレサの「不死の願い」は同時に、死なないこと、生き続けることへの願いをも含んでいる。バイロンへ呼びかけるなかで、彼女は「私はあなたの源泉。アルクァの泉を二人で訪ねたときのことを覚えている？　あなたと私、二人で。私はあなたのラウラだった」（183）と歌う。そしてデイヴィッドは「彼女は愛されたいのだ、テレサは。愛されたいのだ、永遠に（immortally）。彼女はいにしえのラウラたち、フローラたちの仲間に引き上げられたいのだ」（185）と語る。ラウラは一四世紀のイタリアの詩人フランチェスコ・ペトラルカに愛された女性だ。[26] 彼女に捧げられた恋愛抒情詩は『カンツォニエーレ』（*Canzoniere*）にまとめられ、それによりラウラは詩人に愛された女性として、永久に人々の記憶に留まることになった。いいかえれば不死の命を得たのである。そしてテレサもまたラウラのように、バイロンに愛された女性として永遠の命が授かることを願っている。ゆえにバイロンの手紙や形見の数々は、テレサに「唯一残された不死の権利」であり、「兄弟の孫娘たちが彼女の死後に開き、畏敬の念を持って精読するはずの遺品」なのである（181）。

しかしテレサの願いはすでに挫折している。第一に「バイロンは死のときまで誠実であるだろう。だがそれが約束のすべてだ。どちらかの命が尽きるまで結ばれていよう」(185) とデイヴィッドは語っている。[27] つまり第二構想のバイロンはすでに没しているが、この時点の、すなわち死後の約束はしていないのだ。さらにデイヴィッドは前述のように、バイロンがテレサを嘲笑する手紙に注目している。その手紙に基づけば、そもそもテレサが思い描いているような愛があったかどうかさえ疑わしい。しかし願いの成就がかなわないからこそ、テレサは「不死の願い」を歌い続ける。つまりテレサの「不死の願い」とは、バイロンの愛と生を取り戻したいという不断の願いであり、ラウラのように詩人の愛を得た女性として記憶されたいという不死の命への願いであり、さらにこれらの願いがかなうことがないために止むことのない不滅の願いなのである。いわば「不死の願い」とは願いそのものが不死なのであり、この願いそのものであるテレサは「死ぬことがない」。

そして、こうしたテレサの「不死の願い」はデイヴィッドのものでもある。第二章で見てきたように、デイヴィッドは「亡霊」とも呼び得るような立ち位置にあるなかで生に執着していく。すなわちテレサが死者となったバイロンを生の世界へ連れ戻し、彼の愛を取り戻そうとするように、デイヴィッドは彼自身の生を、生そのものであるようなエロスの情熱を通じて取り戻そうとする。生とエロスを切望する点において、またその望みがすでに挫折しているために求め続けるという点において、デイヴィッドとテレサは共通している。つまり「不死の願い」は二人が共有する歌なのだ。その歌はバンジョーに伴われ、声はバンジョーの平板な音から舞い上がろうとしては引き戻される。そこには獲得ではなく、舞い上がろうとすること、求め続けることのみがある。

同時にデイヴィッドの「不死の願い」にも永遠の命への願いが含まれている。彼はオペラの創作について次のように語っている。

奇抜な小規模の室内オペラの創作者として、意気揚々と社会に復帰できたらどんなによかっただろう。だがそうはいくまい。彼の望みはもっと控えめでなければならない。それは混沌とした音のうねりのどこかから、一羽の鳥のように、不死の願いを表すただ一つの、本物の音が飛び立つこと。その聞き分けについては、未来の学者たちに任せることにしよう、そのときまで学者というものが存在していればの話だが。というのもその音がやってくるとき、その音がやってくるならば、自分でその音を聞くことはないだろうから――そんなことを期待するには、彼は芸術や芸術のあり方を知りすぎている。(214)

「控えめ」という言葉とは裏腹に、ここには壮大な希望が語られている。「不死の願い」を表す本物の音を作り出そうというのだ。ただしその音が真正であるか否かの判断は、未来の学者たちに委ねられている。このことはクッツェーが「古典とは何か――講演」("What Is A Classic: A Lecture") で論じている内容につながる。エッセイのなかでクッツェーは、古典とは多くの人々、特に専門家の吟味に耐えて生き延びるもののことだと書いている。さらにポーランドの詩人ズビグニェフ・ヘルベルトを引いて、古典と対立関係にあるのは野蛮であると述べ、以下のように続けている。「何世代にもわたり人々が手放せず、なんとしても守り抜くがゆえに生き延び、最悪の野蛮を生き抜くもの――それが古典だ」(*Stranger* 16)。デイヴィッドが未来の学者たちにオペラの価値判断を委ねている点には、芸術に対するこうしたクッツェーの思想が反映されているものと考えられる。すなわちデイヴィッドの「不死の願い」が時代を超越して学者たちに「本物の音」であると認められるならば、彼のオペラは古典となり、彼は永遠の命を得ることになる。

では古典になるとすれば、それはどのような野蛮を生き抜いていくことになるのだろう。テレサに思いを馳せる直前、デイヴィッドは前述のように浴室のルーシーをのぞくポルックスに激しい怒りをぶつける。このとき「教訓を教えてやれ、身の程を思い知らせてやれ」という言葉が正しく感じられ、デイヴィッドは彼自身の「野蛮」に直面する（206）。これに対しポルックスは「おまえらを皆殺しにしてやる」（207）と捨て台詞を吐いてペトラスの家へ帰っていく。この小さなエピソードにもまた、アトウェルが指摘する支配と復讐のサイクルが映し出されている。「不死の願い」が古典になるとすれば、それはこうした「野蛮」の応酬を貫いて、人々が守っていこうとするような普遍的価値がそこに備わっているからであるはずだ。

　では「不死の願い」にどのような普遍的価値を想定し得るだろうか。死を意識するなかで生を願うデイヴィッドの「不死の願い」は、彼個人の領域を遥かに超えた生物全般の願いともいえる。たとえばデイヴィッドは安楽死に向かう犬たちにつき添うなかで、この願いを犬たちから感じとっていたのかもしれない。そして「不死の願い」を表す「本物の音」が作り出されたならば、聞き手の耳に届くのは、自らの外部から聞こえてくる不死の願いであるはずだ。つまりそれは、他者の命の認識を迫る音になる。動物たちの死につき添うデイヴィッドに変化がもたらされたように、この音は人々に変化をもたらすかもしれない。すなわち「不死の願い」を表す「本物の音」は、他者の命を聞き手に伝えるという普遍的価値を備えることになるだろう。デイヴィッドは彼自身の内部に潜む野蛮を抹消することはできないが、音を通じて未来の野蛮を減じられるかもしれない。そしてそれはデイヴィッドに残された最後の希望であり、だからこそ彼はテレサを「彼を救える最後の一人」と思うのではないか。

8　愛について——ドリーポート

ところで「不死の願い」を今にも歌い出すかのように見える犬がいる。デイヴィッドが物語の最終場面で安楽死させる若い雄犬だ。左の後ろ脚が萎えているために、ベヴはこの犬のことを三脚を意味するドリーポートと呼ぶのだが、デイヴィッドはあえて名前を与えないようにしている。だがドリーポートはデイヴィッドになつき、溢れんばかりの愛情を彼に注ぐ（215）。オペラを制作しているときにも彼のそばを離れない。その様子が以下のように語られている。

> 犬はバンジョーの音に魅了されている。彼が弦をかき鳴らすと、犬は起き上がり、小首をかしげて耳を澄ます。彼がテレサの旋律をハミングし、そのハミングが感情に乗って膨らみ始めると〔……〕、犬は唇を鳴らして今にも一緒に歌を、あるいは遠吠えを始めそうだ。（215）

安楽死がほぼ決定しているドリーポートだが、ここで「テレサの旋律」すなわち「不死の願い」を歌い出しそうになるとき、あたかも生を願っているように見える。

クッツェーは『動物のいのち』で哲学者であるオハーン教授に、「動物は死を理解しない」のだから、「動物を殺すことは正当な行為」であり、人間にとって「命が重要なほど、命は動物たちにとって重要ではない」、すなわち「動物には不死の魂がない」のだと論じさせている。これに対する作家エリザベス・コステロの応答が前述の、殺される動物につき添ってみよという提言であった（*Lives* 63-65; *Elizabeth* 108-11）。『恥辱』のデイヴィッドは当初オハーン教授と同様の意見を口にしていたが、コステロの言葉を実践するかのような状況に置かれるなか、犬の火葬を行い、その個別の命を悼むようになる。こうしたデイヴィッドの変化は、オハーン教授の意見に対するクッツェーの応答と捉えられるだろうか。そして命の存続を願うかのように「不死の願い」を今にも歌い出しそうなドリーポートは、その応答を補強しているように見える。

一方、デイヴィッドは犬の安楽死を実施する態度について次のように語る。

> 彼はこれまでにもうベヴから学んでいる。すべての意識を今、自分たちが殺している動物に集中させることを。そしてその動物に、彼がもはや躊躇することなく正しい名前で呼べるようになったもの、すなわち愛を注ぐことを。（219）

ここで極めて率直に持ち出されている「愛」は、今、安楽死させつつある犬への愛だ。この「愛」はどのような愛なのだろう。

ここまで『恥辱』において愛と呼び得るものがあるとすれば、それはエロスであった。デイヴィッドは大学の聴聞会で、メラニーとの関係において彼は「エロスの僕《しもべ》」（52）になったと答えている。すでに確認してきたように、エロスにおける情熱は彼にとって生そのものとして機能し、生を取り戻そうとするかのように彼はエロスに執着する。さらにデイヴィッドにはエロスを通じて生の燃焼、すなわち十分に生きたといえるような満足感を得ようとしている気配もある。前述のようにデイヴィッドはアイザックスに対し、メラニーが灯した火は彼を「焼き尽くすほどには熱くなかった」が「本物の火だった」と話す。そしてその直後に

「焼かれた（burned）—焼けた（burnt）—焼き尽くされた（burnt up）」と考える（166）。メラニーの灯した火による自らの燃焼度を測るようなフレーズである。「焼き尽くすほどには熱くなかった」と語っているからには、十分な燃焼には至っていないという感覚があるのだろう。[28]

これに関連してデイヴィッドは、ルーシーの家に滞在し始めた当初、次のように考えている。「二週間前、彼は教室にいて退屈しきったこの国の若者たちに、飲む（*drink*）と飲み干す（*drink up*）、焼かれた（*burned*）と焼けた（*burnt*）の違いを説明していた。完結相、ある行為が最後までやり遂げられたことを示す。なんと遥か彼方にすべてが感じられることか。私は生きている（I live）、私は生きてきた（I have lived）、私は生きた（I lived）」（71）。すなわちデイヴィッドは「最後までやり遂げられた」状態にたびたび意識を向けるのである。第二章で取り上げたように、『恥辱』の草稿には「ただ一度の人生、だから精一杯生きる」、メラニーが「最後のチャンス」と記されている。このことを考え合わせると、デイヴィッドはエロスを通じて「焼き尽くされた」段階にまで達することを望んでいるのだと考えられる。それにより彼は「私は生きた」といえるのであり、死に向き合うことが容易になると感じているのではないか。しかしデイヴィッドがエロスの僕として行動するとき、メラニーには死が映し出される（25, 89）。すなわち彼が追い求めるエロスは非常にエゴイスティックな様相を呈するのである。

一方、デイヴィッドが安楽死させる犬たちへ注ぐ「愛」はエロスとはまったく異なる、いわば死につき添う愛だ。この愛はどのような愛だろう。『エリザベス・コステロ』（*Elizabeth Costello*, 2003）の「レッスン5 アフリカの人文学」（"Lesson 5 The Humanities in Africa"）には、コステロが死につき添う愛について考察する場面がある。彼女には咽頭癌で死に瀕したフィリップス老人を見舞い、服を脱ぎ、彼を性的に刺激してなぐさめた思い出がある。そしてコステロはこの行為を何と呼び得るだろうと自問するのだ。「エロスではない、もちろん。そう呼ぶにはグロテスクすぎる。アガペー？　これもおそらく違う。つまりギリシャ人はこれを表す言葉を持っていないということだろうか？　キリスト教徒がふさわしい言葉、カリタスを携えてやってくるのを待つしかないということだろうか？[29]」（154）。コステロは結局、カリタスであると納得する。

　ではクッツェーは「カリタス」にどのような意味を見出しているのだろう。『鉄の時代』（*Age of Iron*, 1990）では、ミセス・カレンがカリタス（caritas）とカリタスを語源とするチャリティー（charity）を並べ、語の起源について「チャリティー、つまりカリタスは心（heart）とは何の関係もない。〔……〕ケア（care）がチャリティーの本当のルーツ」（20）と語る。さらに『ダブリング・ザ・ポイント』の「自伝と告白」（"Autobiography and Confession"）ではアトウェルのインタビューに答え、クッツェー自身が「私を単なる愚かな愚かしさから救ってくれるものが、いくぶんかのチャリティーであることを願っている。それは恩寵（grace）がこの世で自らをアレゴライズする方法なのだと思う」（249）と語っている。こうした点を踏まえると、カリタスもしくはチャリティーは他者に対するケアのある種の到達点を示しているようである。

　ではデイヴィッドの犬への愛はチャリティーなのだろうか。愛という語で括られ、それは不鮮明だ。ただしこれを愛と語るデイヴィッドに迷いは感じられず、あたかもそれが彼の一つの到達点のようである。ゆえにその愛をチャリティーと呼びたくなる。しかしここで再び思い出さなければならないのは、犬たちが人間の基準において多すぎるために殺されているという事実だ。この行為はデイヴィッドの「不死の願い」を無効にするものではないのだろうか。ドリーポートは今にも「不死の願い」を歌い出そうとしているのだが……。　黒人たちの襲撃において、ルーシーが預かっていた犬たちは無惨に撃ち殺された。そのように憎悪を向けて死を与える行為は野蛮そのものであった。ではチャリティーと呼び得るような愛を向けて死を与える行為は？　安楽死の場面はそのように問いかけてくる。ただし『恥辱』においてこうした問いに答えが提示されることはない。問いは開かれたまま置かれている。

そしてドリーポートはデイヴィッドが愛と呼ぶものを注がれながら、死へと導かれていく。デイヴィッドはドリーポートの安楽死を目前にして、その手順を思いめぐらす。「翌日、〔死骸を入れた〕袋を炎のなかへ運び、それが焼けた(burnt)のを、焼き尽くされた(burnt up)のを見るのだ」(220)。ドリーポートは自らその命を完全燃焼できるわけではない。デイヴィッドがドリーポートに代わり、燃焼させるのである。[30]

第五章　未来へ——ルーシー

すでに見てきたようにデイヴィッドは生を取り戻そうとしながらも死へ向かっていく。であれば現実的な未来はルーシーに託されているだろう。実際、創作ノートには次のメモが見つかる。

この本のモラルの中心——この男は一貫して「何もたいしたことではない。どうせ私はすぐに死ぬのだ」という態度を取る。いいかえれば、彼は自分の死の先を見通すことができない。どうにかして彼は（私も！）それを乗り越えなければならない。ゆえに当然、娘、すなわち彼が（私も！）未来を心に描き得る唯一の手段。

（*Disgrace* NB1, 21 Apr. 1996）

ではルーシーはどのような未来を映し出しているのだろうか。本章ではルーシーと未来への結びつきについて考察する。

1　死の影

未来はルーシーに結びつけられている。とはいえ彼女にもまた死が暗示されている。実際ルーシー自身がデイヴィッドに宛てた手紙に、「私は死んだ人間です。何が私を生へ連れ戻してくれるのか、いまだにわかりません」（161）と書いている。また前章で述べたように、オペラ創作の過程でデイヴィッドはバイロンの娘アレグラの声を聞く。そのアレグラはマラリアで死の床にある。このことはデイヴィッドがルーシーに死の影を見ていることを仄めかしているだろう。さらにデイヴィッドが信奉しているワーズワスの「ルーシー詩篇」とルーシーとのつながりをビアードが指摘している。ビアードは『恥辱』のルーシーの名前について「父親〔デイヴィッド〕の研究領域を考慮すれば、ワーズワスのルーシーにちなんで名づけられた可能性もあるだろう」（Beard 65）と述べ、「ルーシー詩篇」について「明らかなのは、その詩のすべてが他者性、変化、そして死の問題を見つめているという点だ」（66）と書いている。[1] さらに『恥辱』終盤では、「幸運ならばルーシーは長く、彼〔デイヴィッド〕の死を越えて長く、持ち堪えるだろう。彼が死んだあとも、幸運ならば、ここにいて、花畑のなかで日々の仕事をこなすだろう」（217）と語られている。これはルーシーの生き方がむしろ肯定的に捉えられている場面だが、それでも「幸運ならば」という条件つきで、彼女は生き延びられるのである。

こうした死の影は「暗黒のアフリカ（darkest Africa）」（95）とデイヴィッドが旧世界の眼差しで呼ぶ土地で、一人生きるルーシーの状況を物語っている。つまり周囲との関係性がルーシーに死の影をもたらす。その死とは命が破壊される死である以前に、命が認識されない死だ。黒人たちによるレイプについて、ルーシーの奴隷化がその目的だという見解をデイヴィッドが示すと、ルーシーは「奴隷じゃない。服従よ、屈服させることよ」と応じている（159）。ここでルーシーは、「奴隷」と「服従」をどう切り分けているのだろうか。そこには財産感覚の有無を指摘し得る。奴隷は所有者の財産である。財産としての価値を認められ、所有物として扱われるとしても財産の一部として彼らの命は認識される。しかしルーシーは襲撃者にとって奴隷ですらない。彼らにとって自分が「無」（158）であると感じたともルーシーは話しているが、文字どおり彼女を「無」として扱うことが彼らの目的であるのだと推察し得る。いいかえれば、彼らは彼女の存在が「無」に等しくなるまでの「服従」を彼女に強いているのである。そして「無」である以上、彼女の命は認識されない。レイプをなぜ警察に訴えないのかと迫るデイヴィッドに対し、「別の時代、別の場所であれば、公的な問題と見なされるかもしれない。でもこの場所、この時代は違う。これは私の、私個人の問題」（112）とルーシーは応えている。「この場所、この時代」において、彼女の命を保護するはずの法が機能していないこと、彼女はいわば法の谷間に漏れ落ちた存在であることをこのセリフは示唆しているだろう。[2] すなわちルーシーは周囲に命が認識されないために、この地に留まるかぎり死がつきまとう。ゆえに彼女は生きながらにして「死んだ人間」であるのだ。

とはいえ、それでもなおルーシーには未来が結びつけられている。そこには終末へ、死へと歩を進めていくデイヴィッドとの相違が見出される。実際、前述のデイヴィッドへの手紙に記されていた「何が私を生に連れ戻してくれるのか」わからないという言葉には、「生」へ戻る術を模索しているルーシーの姿が読み取れる。老いの状況にあるデイヴィッドが否応なく死に向かっていくのに対し、ルーシーにはこの先、生を取り戻す可能性が仄めかされている。また創作ノートには本章冒頭に掲げた内容と重なるが、襲撃事件直後と考えられる文脈において「彼は自分の未来を思い描けない。〔……〕未来を持つためにはルーシーにならなければならない。だが彼はルーシーになれないし、彼女の未来を想像することもできない」(*Disgrace* NB1, 12 Nov. 1996) とも記されている。このメモはデイヴィッドとルーシーの対照的な姿を示唆しているだろう。ルーシーは一つの未来を創造し得る人物であるようだ。これに対しデイヴィッドは未来を思い描くことさえできない。すなわち彼は過去に培われた思考システムにとらわれ続ける。デイヴィッドの老いとは単に年齢ではなく、こうした変わることのできない彼のあり様を指し示しているのだとも考えられる。そしてこのような二人の相違は、完成版における彼らの対照的な道筋に反映されているだろう。すなわちデイヴィッドは生から死へと向かう。一方でルーシーには死から生への道筋が希望のなかに照らし出されているのである。

2　ルーシーの抵抗

とはいえルーシーが「生」へ戻り得るのか、すなわち彼女の命がこの土地で認識される「時代」が来るのかは不明である。現実的には彼女が平穏に生き抜く可能性は極めて薄いことが、前述の「幸運ならば」という言葉に示唆されているだろう。他方、ルーシーにとって住む土地を変え、死の影から逃れることは容易《たやす》い。しかし彼女は頑迷にこの地に根を下ろそうとする。そこにルーシーの謎が生じるのである。

エレク・ボーマーは、歴史を通じて抑圧の対象となってきた女性像をルーシーが再現していると批判的だ。

ボーマーは次のように述べている。

彼女〔ルーシー〕の場合、歴史的暴力の犠牲者――また女性として歴史的犠牲者――が、その暴力の結果を(たとえ彼女自身がそれを否定するとしても)自ら引き受けることを強いられている。彼女は過去の過ちに対する責任の重荷を、言葉によってでなければ肉体的に受け入れる。償いといった抽象的な言葉を拒絶する一方で、頑固に自分の生活を続け、現実的に生き残ることにより、彼女はこの土地の生活に「没頭」しながら、自分の身に起きたこととともに生きる。要するに彼女は自分自身のなかに、自分の体のなかに、不当な扱いを受けながら沈黙する女性、歴史のなかで繰り返し虐待を受ける者たちのステレオタイプを埋め込んでいる。一言でいえば彼女は、二重の沈黙者ということになる。

(Boehmer 349)

たしかにルーシーの運命が男たちの手中に握られているという意味において、歴史の犠牲者としての女性像をルーシーに当てはめることは可能だろう。しかしボーマーはルーシーの身体的状況に注目する一方で、彼女の言葉に耳を傾けようとはしない。「言葉によってでなければ肉体的に」とあることからも、ボーマーはルーシーが言葉とは裏腹に身体的に償いを引き受けていると解釈しているように見える。そしてその解釈のもとで、ルーシーが頑迷に彼女の土地に居住し続けるために、結果的に犠牲者としての女性像を反復することになると主張する。つまりボーマーは、ルーシーの言葉がそうした解釈をすでに否定しているのにもかかわらず、また否定していることを十分に知りながら、その言葉を斥けていることになるだろう。しかしそのようにルーシーの言葉を無視することは、ルーシーに語らせないことを意味する。それはまさに歴史的な女性への抑圧を繰り返す行為なのではないか。
ルーシーの言葉は、彼女自身の強靭な意志によりこの土地に留まることを幾度となく示している。実際ルーシーには東ケープからも、さらには南アフリカからも出ていく自由がある。デイヴィッドもそのための援助を繰り返し申し出ている。しかし彼女は「もし今、農園を出ていったら、私は打ち負かされたままになるでしょう。そして残りの人生ずっと、その敗北を味わうことになるでしょう」(161)とデイヴィッドへの手紙に書いている。すなわち彼女は敗北を回避するために、いいかえれば彼女自身の目的のためにこの土地に留まるのだ。これは歴史的犠牲者である女性たちとの大きな相違点である。
『恥辱』の創作ノートのなかには、レイプ後のルーシーについて以下のようなメモが見つかる。

要点を明確にしよう：ルーシーへの暴力は、白人を「外へ」追い払うためのよくある企ての一部(地域の外へ、国の外へ——どちらかは問題ではない)。
レイプの日のルーシーについてさらに。彼女はレイプの目的を知るが(男たちは彼女に何をいったのか?)、彼女がそれを口に出すことはない。それゆえその後の沈黙を通じ、彼女のなかには不可避なことへの頑固な抵抗がある。

問題は、彼女もそう見ているように、個人的な償いをいくら行ったところで、その個人を救うには十分でないという点だ。人に〔災厄を〕免れさせるドアの目印を得る方法はない(エジプトの疫病の話参照[3])。唯一、白人社会が白人として賠償を果たしたと認められたときにのみ、犠牲に歯止めがかかるだろう。これはルーシーが予見しない展望だ。
あるいは：彼女は人々が匿名ではない田舎においてのみ、救済が個人レベルで確保され得ると信じている。

ルーシーの目には、デイヴィッド・ルーリーが的外れなことに気を取られているように映る。そのため彼に対し無関心なところがある。

ＤＬ〔デイヴィッド・ルーリー〕は、ルーシーが対処しようとしないこと、すなわち彼女が繰り返しレイプを受ける危険に身をさらしていることに目を向けている。何度レイプを受ければ、潔白になれるのか？

（*Disgrace* NB1, 9 Jan. 1997）


このメモの冒頭には、ルーシーへの暴力が白人追放運動の一端であると記されている。アパルトヘイトの根幹を成したのは、白人入植者による土地の収奪だ。白人のルーシーがコーサ人の多く居住する土地を取得して、当初はペトラスを助手にしながら小農園を経営する図は、ルーシーがどれほど友好的な人物であっても外形的には過去の再現に映る。[4] であればそのような図を描き出さないこと、たとえば土地を放棄して退去することは、一つの賠償の形であり得る。しかしルーシーにそのような賠償を考慮する気配はない。完成版『恥辱』の終盤では、ルーシーの土地がペトラスに引き渡される展望が示されている。ただしそれはルーシーの望むところではない。ルーシーはペトラスの保護を得るために、土地の引き渡しを承諾するのだ。いいかえればルーシーにとって土地の引き渡しは、土地に留まる手段である。そこには土地に留まろうとするルーシーの強固な意志が映し出されている。

そしてメモの中盤では、レイプ後のルーシーについて構想が練られている。ルーシーは「レイプの目的を知る」。レイプの最終目的は彼女をこの土地から追い出すことにある。この目的を実現するための何らかの言葉に、ルーシーは「頑固な抵抗」を見せていくようだ。ただし個人的ないかなる賠償も不十分だとルーシーが意識している点がここで問題となる。そのような意識のもとで彼女にどんな状況の改善が望めるだろう。しかしこの点を補うように、田舎における個人レベルの救済というルーシーの信念が検討されている。この場合、ルーシーは匿名性の希薄な田舎においては白人というグループの一員ではなく、個人として顔のある隣人になり得ると信じるのだろう。その信念の土台には、ルーシーの他者への信頼が読み取れる。つまり賠償ではなく、人種という枠組みを取り払った人と人との関係性をこの地域に築くという抵抗の形をここに見出し得る。

一方でメモに登場するデイヴィッドが見つめているのは先掲のボーマーと同様、ルーシーの体に暴力が重ねられていく未来だ。そしてそれ以外の未来を彼が思い描けないのだとすれば、当然彼とルーシーの展望には溝が生じることになる。したがってルーシーの目にはデイヴィッドが「的外れ」に映るのである。ただし実際のところ、デイヴィッドの展望は現状の持続という面において現実的であるように見える。逆にルーシーは自らの手で現実を変えていこうとしているが、命を落としかねない状況に留まろうとするその姿は、常軌を逸しているようにさえ映る。創作ノートにはまた、前掲の引用中にある「［レイプ犯の］男たちは彼女に何をいったのか」という問いに応えるような内容が検討されている。「妊娠、あるいはもっとよいのは、ＨＩＶ。／ルーシーが隠していることの一部は、男たちの一人が彼女にいったことだ――彼が感染しているということ。／その後しばらくして、一体感の場面――彼女が彼を見る。彼らの間の絆」（*Disgrace* NB1, 29 Aug. 1996）。こうしたメモからはルーシーが文字どおり命を懸けて、黒人たちとの間に絆を作り上げようとしている様子が浮かび上がってくる。そして完成版のルーシーもこうした絆の構築に情熱を注ぐ女性なのではないだろうか。

完成版において前述のようにルーシーは、この土地を去れば敗北を味わうことになると手紙に書いている。

この言葉はルーシーが何らかの抵抗を行っていることを物語っている。ただし何に対しての抵抗であるのか、完成版では前述の創作メモほどにも言及されていない。しかしルーシーの去就が問題になるのがレイプ後であれば、やはりレイプ時に彼女が知り得たことへの抵抗なのだと考えられる。ルーシーはレイプ事件について次のように語っている。「あのとき、私への個人的な憎悪があった。そのことが何よりもショックだった。あとのことは……予想どおり。だけどなぜそんなに私を憎んだの？　あの人たちを見かけたことすらなかったのに」（156）。このようにルーシーは何よりも男たちが彼女個人に向けた憎悪に衝撃を受けている。であればレイプ時にルーシーが知り得たこととは、個人的憎悪に集約されるものであるはずだ。つまりルーシーはこの個人的憎悪にこそ抵抗していこうとしているのだと考えられる。そして白人排斥運動の根幹にこうした個人的憎悪があるのだとすれば、ルーシーがこの土地を去ることはたしかに敗北を意味することになるだろう。

クッツェーはノエル・モスタートの著書『フロンティア——南アフリカの創造とコーサ人の悲劇』（*Frontiers: The Epic of South Africa's Creation and the Tragedy of the Xhosa People*）を取り上げて「ノエル・モスタートと東ケープのフロンティア」（"Noël Mostert and the Eastern Cape Frontier"）と題したレヴュー・エッセイを書いている。(5) このエッセイのなかにコーサ人の白人に対する「個人的な憎悪」への言及が見出される。エッセイによれば一八世紀後半から繰り返されてきた植民者とコーサ人の紛争は、一八五〇年に英国対コーサのより残虐な全面戦争へと拡大していく。クッツェーはそのきっかけについて、「あと知恵の利を得れば、人種関係における転換点は植民地総督ベンジャミン・ダーバン卿がコーサ人を「教化不能な野蛮人」と公的に見なしたときであったと理解し得る。それにより彼はコーサ人を土地の外へ追いやり、彼らに対する全面戦争を正当化したのである（コンラッドの『闇の奥』でクルツが下した判断「野獣どもを根絶せよ」が思い出される)」(*Stranger* 277) と考察し、さらにモスタートの引用を交えながら次のように続けている。「一八五〇年、こうした戦争のうちで最も過酷な戦い、すなわち「人種戦争、おそらくはこの類の戦いにおける最初の戦争」が開始することになった。モスタートは宣教師の日記を引用して、コーサ人がその時点ですでに抱いていた白人に対する激しい個人的な憎悪を証明している(6)」(277)。つまりエッセイによれば、「野蛮人」という公的な位置づけを契機として「個人的な憎悪」が生じることになる。であればルーシーがこうした憎悪に抵抗し、個人的にではあれ、これを乗り越えることができたならば、それは長い憎悪の歴史を克服することになるだろう。その先には平和な共生という希望が広がっている。そしてそのときルーシーには自分自身の「生」を取り戻すことが可能になるはずだ。ただしルーシーはどのようにそうした未来を築いていくのだろう。次にその点について考察する。

3　ヒエラルキーの解消――ルーシーの成長

ルーシーに可能な抵抗とは、具体的にはこの土地に住み続け、隣人として受け入れられるのを待つことだ。ただしこのときルーシーが、「西欧人」(202) への帰属意識を持ち続けているデイヴィッドのように旧世界の思考システムから抜け出ることができないのならば、隣人の位置を自ら放棄することになるだろう。すなわちルーシーはデイヴィッドとは異なる思考システムを提示しなければならない。

デイヴィッドとの会話においてルーシーはたいていの場合、彼に対し批判的な態度を示している。特に注目されるのは黒人たちの襲撃事件以前の会話のなかで、ルーシーがデイヴィッドの社会的ポジションにおける高低の感覚を責める場面だ。彼女はデイヴィッドが彼の娘である自分に、静物画を描いたりロシア語を勉強するなどの、もっと高尚な生活を望んでおり、それゆえベヴやその夫ビルのような友人を心良く思っていないのだと彼をなじる（74）。そして彼女はさらに次のように続ける。

「彼ら［ベヴとビル］はもっと高尚な生活へ私を導いたりなんかしない。その理由は、もっと高尚な生活なんてないからよ。あるのはこの生活だけ。それを私たちは動物たちと分かち合う。それがベヴのような人たちが示そうとしている生活の模範よ。私はその模範に倣おうとしている。人間の特権のいくらかを動物たちと分かち合うこと。犬や豚のような別の存在に生まれ変わって、私たちの下で生きる犬や豚のように生きていかなければならないなんて嫌だもの」（74）

ルーシーはここでヒエラルキーの解消を人間社会内部に留まらず、動物との関係にまで拡大させようとしているだろう。[7] これはかつてデイヴィッドが示した動物についての考え方に逆らう発言内容である。前章で見たようにデイヴィッドは教父の決定に基づき、魂の有無を持ち出して人間と動物の差別化を行っている。その考え方は動物を人間の下位に位置づけ、動物の支配や利用を正当化するものだ。そしてこうした動物の位置づけは人種差別を補強することにもなる。前述のように英国人がコーサ人を「野蛮人（savage）」と位置づけたとき、全面的な人種戦争が開始される。ここで野蛮とは未開であること、文明から隔絶していること、いいかえればより自然状態に近いことを意味する語であるだろう。つまり英国人はコーサ人をより自然状態に近い、動物的な存在と見なすことにより、差別を正当化し得たのである。実際、同様の見地は人種という線引きを持ち出すまでもなく、人間社会内部に浸透している。ルーシーによれば、デイヴィッドは小農園を営むよりもロシア語や静物画制作に携わる生活を「高尚な生活」に位置づけている。これは西洋的価値観に根差したデイヴィッドの思考において、自然状態からより乖離した文化的活動が高度に位置づけられることを表しているだろう。であれば人間と動物のヒエラルキーが解消されるのなら、こうした差別の正当化の根拠もまた取り去られることになるのかもしれない。ルーシーの発言はまさにそうしたヒエラルキーの解消を目指すものだ。

ルーシーは「高尚な生活」など存在せず、今ある唯一の生活を動物と分かち合うのだという。すなわちルーシーは人間社会内部で創出される価値といったものを取り外し、生物そのものの価値のみを見据えているように見える。その上でいまだ強者の立場にある人間の特権を動物に分け与えることで、人間と動物の格差を縮めていこうとしているようだ。ただしルーシーはこののちレイプ事件を経て、彼女が思い描く世界に到達することの過酷さに直面することになるだろう。ペトラスに土地を渡し、彼の妻になることを承諾するとデイヴィッドに告げたのち、ルーシーはデイヴィッドと次のような会話を交わす。

「なんという屈辱だ」ついに彼［デイヴィッド］はいう。「どれほど期待していたことか、それがこんなふうに終わるとは」

「そうね、そのとおり、屈辱よ。でもおそらくそれが、再出発にふさわしい地点なのだわ。おそらくそれが、受け入れることを私が学ばなければならないことなのだわ。地面での出発。何も持たず。何一つ持たず。何も持たず。持ち札も、武器も、財産も、権利も、尊厳もなく」

「犬のように」

「ええ、犬のように」(8)

(205)

「どれほど期待していたことか（Such high hopes）」という表現は、前掲の「高尚な生活（higher life）」とともに「高い（high）」を含み、そこからは娘のルーシーに高い位置を望んできたデイヴィッドの姿が垣間見える。したがってこの場面で明らかになるルーシーの今後の展望は、デイヴィッドにとって底辺への転落を意味するようだ。この場面に関連してボーマーは「沈黙する痛みを抱えた女たちは地面に留まる」（Boehmer 349）、「レイプされたルーシーもまた、犬のような地位を引き受ける」（348）などといった表現を用い、前述のようにルーシーが犠牲者としての女性を再現していると批判的だ。ボーマーの表現に含まれている「地面」、また「犬のような地位」とは底辺、もしくは人間以下の地位を指すのだろう。すなわちボーマーもまたデイヴィッドと同じく、ルーシーの今後の展望を底辺への転落と受けとめているようだ。であればデイヴィッドやボーマーのルーシーに対する望みは、彼女が社会的により高い位置を占めることといえるだろう。

一方ルーシー自身もここで「地面」や「犬のように」といった表現を用い、それが彼女の立ち位置であることを認めている。ただしその位置は彼女にとって「再出発にふさわしい地点」なのである。ではルーシーはこのスタート地点からどこへ向かおうとしているのだろうか。より高い位置だろうか。仮にそうであればデイヴィッドやボーマーと変わらず、「高尚な生活なんてない」という以前の彼女自身の発言と矛盾することになるだろう。そもそも高い位置を目指すならば、この土地に留まる必要もない。とすればルーシーが目指しているのは、より高い位置などといったものではないはずだ。

ではルーシーはここからどこへ向かおうとしているのだろうか。それは底辺が底辺ではなくなることなのではないか。ルーシーには成長とも呼ぶべき変化を見出し得る。先に掲げたデイヴィッドとルーシーの会話の一つ目で、彼女は犬や豚のような存在に自分はなりたくないと語っている。これは襲撃を受ける以前の会話で、この時点においてルーシーは強者である人間の地位に留まりながら、動物に特権を分け与えるという姿勢を示している。つまり人間と動物の格差を縮めようとはしているものの、そのヒエラルキーは維持されることになる。しかし事件後の二つ目の会話においては、「犬のよう」な地位に、自分自身がつこうとしている。これはヒエラルキーを維持し、人間の地位に留まっていたルーシーが、自らを正した結果なのではないか。つまりルーシーは彼女自身がまず動物の地位を受け入れることで、ヒエラルキーの解消に踏み出す覚悟を表明しているのではないだろうか。そこにはルーシーの成長を見出し得る。とすればここをスタート地点としてルーシーが目指す先は、彼女個人が人間の地位に回帰することではないはずだ。おそらくそれは「犬のよう」であることが、人間以下の地位を意味しない世界なのだ。いいかえれば「地面」が底辺ではなくなる世界である。それはすなわち動物の、そして彼女自身の命が認められる世界であるはずなのだ。

4　マイケル・Kとルーシー

アトウェルは『恥辱』を含むクッツェー作品における「倫理的転回」の特徴を二つ挙げている。その一つ目の特徴は前章冒頭で取り上げたとおりである。そして二つ目の特徴は以下のようにある。

それは存在論もしくは存在そのものの強調である――これもまたシステムから切り離された存在論であり、ゆえに哲学とは相容れない。すなわちそれは、生きているとはどういうことかという意識であり、被造物の生物学的エネルギーの危うさを共有することだ。こうしたあり方を最も印象的に体現する登場人物は、ほぼ間違いなくマイケル・Kだ。ただし『恥辱』のルーシーもその表現に近い。
(Attwell, "Race" 340)

このようにアトウェルは倫理的転回のもう一つの特徴として存在の強調を挙げ、マイケル・Kに続き、ルーシーもこの表現に迫る人物だと述べている。さらにアトウェルは犬のような立場で何も持たずに生きていくというルーシーと、井戸から水をスプーンですくって生きていこうとするマイケル・Kを並べ、こうしたあり方の背景としてカフカおよび「圧倒的に破壊的な歴史感覚からの不可能だが不可欠な自由のなかに自らを書き込むマイナー文学の伝統全体」(340)を見出している。

たしかに動物の位置に自身を据えることから、ルーシーには生きることそのものを見つめているような感触が生じる。さらにその姿勢は彼女の言葉にも表現されている。前述のボーマーも触れているように、ルーシーは抽象的な言葉を退ける。デイヴィッドはルーシーがレイプを警察に報告しないことについて「個人的な救済」を得ようとしているのかと批判する。すると彼女は「いいえ、あなたはずっと私を読み違えている。罪悪感と救済は抽象概念よ。私は抽象概念で行動したりしない。あなたがそれをわかろうとしてくれないかぎり、あなたに対してこれ以上私にできることはないわ」(112; 強調は筆者)と応じるのだ。抽象概念を拒絶するルーシーは、デイヴィッドが当然のこととして受け入れている社会的な意味を退け、生物として生きることに集中しようとしているかに見える。

ルーシーのこうした側面は創作段階においてより強調されていたようだ。『恥辱』の草稿には類似した内容が以下のように表されている。

「デイヴィッド、まったく、あなたは理解というところからかけ離れているわ。罪悪感とか罪滅ぼしなんて関係ない。言葉なんて関係ない。ただ生きることによって学ぶことができるだけよ。あなたに対して偉そうな態度をとりたくないけれど、そういうことよ。言葉に属さないもの、常にそして永遠に言葉の外にあるものが存在するの」

彼は頭を振る。「理解できない。理解しようがない。一体きみが何をいっているのか、私には理解できない」

「もちろんあなたは理解しないでしょうね。もし理解していたら、理解云々について話し続ける必要もないでしょうから」彼女は両手を振り上げる。「もうこの会話を続けたくないわ[9]」

(*Disgrace* PD, 31 Aug. 1996; 強調は筆者)

完成版と草稿を比較してみよう。完成版においてルーシーは「罪悪感と救済」を「抽象概念」といいかえている。一方草稿では「罪悪感とか罪滅ぼし」に「言葉」を並列させている。そして完成版の「私は抽象概念で行動したりしない」という発言は「抽象概念」の排斥を表すのに対し、草稿の「常にそして永遠に言葉の外にあるものが存在する」という発言は「言葉」の排斥を表している。この点から完成版の「抽象概念」は、草稿において「言葉」であったことが推察される。言葉を排斥する草稿のルーシーは、生物として生きることに集中するという面において完成版より過激だ。彼女の「言葉の外」に対する信頼には、生の感覚そのものをじかに捉えようとする意識が強く表明されているだろう。あたかも人間同様の言葉を持たない動物のように生きようとしているかに見える。したがって「理解」などといった手続きもはねつけられることになり、デイヴィッドとのコントラストも完成版より際立つものになっている[10]。しかし草稿から完成版への過程で、排斥の対象が言葉全体から抽象概念へと縮小されたことにより、こうしたルーシーの側面は緩和されることになる。

また完成版との詳細な比較が可能な例ではないが、ルーシーの土地への愛着も創作段階では完成版より強力に打ち出されていたようだ。完成版では「彼女〔ルーシー〕はこの土地に恋をしたのだという」(60)などとその愛着が語られるに留まるが、創作ノートには「ルーシー(なぜこの土地を去らないかを説明しながら)。この丘の連なり。この土。(彼女はそれに触れる)私のものよ。私自身よ!」(*Disgrace* NB4, 10 July 1998)と記されている。ルーシーがあたかもこの土地に生まれついた動植物のように土地と一体となって生きている様子が、このメモから伝わってくる。完成版では創作ノートほどこの点が強調されていない。したがってここにも完成版におけるトーンダウンを見出し得るのである。

創作段階から完成版へのこうした変化は何を表しているのだろうか。一つにはこの変化のなかに、マイケル・Kとの距離が設けられているのではないか。マイケル・Kはたしかに「システム」から離脱しているように見える。井戸からスプーンで水をすくって生きるマイケル・Kは、「不可能だが不可欠な自由」の獲得のなかに存在しているのかもしれない。一方で完成版のルーシーには「不可能だが不可欠」といった抽象性が感じられない。彼女はベヴやペトラスを始め、周囲との交流のなかに根づこうとしているのである。しかもルーシーはこれから生まれてくる子どもとともに、ペトラスを父とする家族への所属を選択しようとしている。ルーシーの場合、ペトラスの庇護を受けることがそのままシステムを受け入れることにつながるわけではないだろうが、少なくともそこにはシステムを利用する姿勢を見出し得る。完成版『恥辱』の終盤では、ベヴがデイヴィッドに「女には順応性がありますよ。ルーシーにも順応性があるし、それにまだ若い。彼女はあなたよりも地面の近くにいますよ。[11] 私たちのどちらよりも」(210)と発言している。この発言のなかの

「地面（ground）」には、前述のデイヴィッドとの会話のなかでルーシーが発した「地面での出発」の「地面（ground）」が共鳴する。そしてデイヴィッドが嘆いた「地面」は、ここで明らかに肯定的な響きを放っているだろう。デイヴィッドやベヴよりも地面に近いルーシーだからこそ可能になる未来があることを、この発言は仄めかしている。いいかえればこの土地に根づいていこうとするルーシーへの、また彼女の未来への信頼が、この発言のなかに表明されているのだ。つまり創作段階におけるルーシーがマイケル・Kに接近していたとしても、完成版のルーシーとマイケル・Kの間には明らかに距離がある。そしてその距離は端的にいえばシステムとの関係性にあるといえる。マイケル・Kはシステムから離脱した自由を獲得する一方で、ルーシーはシステムに表立った抵抗を見せることなく共同体のなかに生きようとするのである。

ところでマイク・マレーは、ルーシーについて「歴史の流れを決定する支配とその応酬のサイクル」（Marais 35）を超越しようとする人物であり、彼女の「受動性」はそうした歴史への抵抗であると書いている。ただしその「受動性」が支配とその応酬のサイクルを断ち切るものであるかという点については明確に否定し、「ルーシー・ルーリーの受動性は、いってみればマイケル・Kやフライデイの沈黙に匹敵する。それは侵害されても抑制され得ない他者性の指標なのである」（Marais 37）と述べている。すでに見てきたようにルーシーは社会のヒエラルキーを退け、抽象概念を捨て、生そのものの価値を見つめようとしている。マレーにはそうしたルーシーの姿勢が「受動性」もしくは「他者性の指標」と映るのであり、支配とその応酬のサイクルを超越するものではあっても、それを終わらせるものではないと断定している。しかしながら判断を急ぎすぎてはならないだろう。ルーシーは物語の終盤においてようやく「再出発」の地点に立つのだ。そして「個人的な憎悪」を乗り越えようとしている。これは少なくともこの土地においてのサイクルを断ち切ろうとする試みといえる。彼女はまた「私はただ自分が助かろうとしているだけではない」（112）とデイヴィッドに告げてもいる。この発言にもルーシーがシステムから解き放たれた個人として生きようとしているのではなく、共同体のなかに根づき、共同体を変えていこうとしていることを読み取り得るだろう。そして彼女には母となって子どもを産む未来も提示されている。二つの人種の間に生まれてくるその子どもは絆になり得るかもしれない。すなわちルーシーには少なくとも彼女が関わる共同体において、サイクルを断ち切る希望が託されている。そしてこの点においてルーシーはマイケル・Kやフライデイと異なる。彼らのように徹底してシステムから逃れた「他者性」をルーシーが示すことはないのだ。仮にマイケル・Kらと同様の他者性がルーシーに感じられるとすれば、それはデイヴィッドに起因するだろう。つまり主にデイヴィッドの意識の範囲で語られる物語において、デイヴィッドが想像し得ない形でルーシーが未来を導き出そうとしているからなのだ。

5　新たな世界へ——処女懐胎の物語

『恥辱』後のクッツェー作品の一つ、『イエスの幼子時代』（*The Childhood of Jesus*, 2013）では、中年男性のシモンが五歳の少年ダビードの父親役を務めながら、ダビードの母親を探す。ある日シモンはイネスという女性と知り合う。彼女は処女であるらしいのだが、シモンは唐突に彼女をダビードの母と決定する。そして三人は家族のような関係を築いていく。田尻は「文学のテーマ・パークを超えて——『イエスの幼子時代』におけるJ・M・クッツェーの晩年のスタイル」（"Beyond the Literary Theme Park: J. M. Coetzee's Late Style in *The Childhood of Jesus*"）と題したエッセイのなかで、この家族像について次のように書いている。

この家族は明らかにキリスト教の聖家族に基づいている。処女マリアは突然、大天使ガブリエルから神の子を宿すと告げられる。同様にイネスもシモンによりダビードの母親に任命される。ただしマリアとは異なり、イネスは赤ん坊を産む代わりに、ある程度成長した少年を受け入れることになる。そしてシモンの立場はまさにヨセフのように「抽象的」だ。(Tajiri 82)

すなわち『イエスの幼子時代』には、新約聖書の処女懐胎の物語が内部テクストとして含まれているのだ。そしてその前身が、不鮮明な形ではあるが『恥辱』のなかに見出される。[12]

黒人たちの襲撃を受けることになる日の朝、ルーシーは貯水池の雁を指して「毎年戻ってくるのよ。あの同じ三羽が。来てもらえてとても幸運だわ。選ばれたものになれて」(88)とデイヴィッドにいう。そしてこののちルーシーは、三人の黒人にレイプされ、妊娠する。すなわち、デイヴィッドはルーシーが身ごもったことを知ると「あの三人組。三人一組の父親」(199)と考える。すなわち、大天使カブリエルあるいは東方の三賢者を想起させるように三羽が「選ばれたもの」のもとを訪れる。やがて三位一体の神を暗示するように三人の男が現れ、「選ばれたもの」、ルーシーを身ごもらせる。すなわち『イエスの幼子時代』の前触れともいうような処女懐胎神話の骨格を、『恥辱』のなかに見出し得るのである。[13]

実際『恥辱』の創作ノートには、デイヴィッドとルーシーの次のような会話が記されている。

ルーシー(DL〔デイヴィッド・ルーリー〕に)「私、何を産もうとしているのかわからない」

彼〔デイヴィッド・ルーリー〕「ひょっとすると、救世主(the Savior)かもしれないよ。いずれにせよ、きみは彼を愛するのかい？　彼―彼女―それを？」
(*Disgrace* NB3, 22 Feb. 1998)

デイヴィッドの皮肉な口調が目立つものの、生まれてくる子どもについて「救世主」が仄めかされている点には、構想の段階からルーシーの妊娠に処女懐胎のイメージが重ねられていたことが推察される。ただし『恥辱』において処女懐胎神話は荒々しい暴力の物語に書きかえられている。「救世主」は、聖母が「三人一組の父親」の暴力を受けることで誕生するのだ。しかしそれでもなお、あるいはそれだからこそ、ルーシーとルーシーの子どもには未来への希望が託されているだろう。

『恥辱』の最終セクションで、デイヴィッドは子を宿したルーシーが午後の穏やかな光に包まれ、色とりどりの花のなかで働くのを遠くから見つめる。彼はこのとき、ルーシーを中心に据えたその光景の美しさに息を飲む(218)。そしてこの場面のなかで、ルーシーは *"das ewig Weibliche"* (218)と表現されている。これは「永遠に女性的なるもの」もしくは「永遠の女性」の意で、ゲーテ『ファウスト』第二部終幕の「神秘の合唱」からの引用だ(Van der Vlies 98)。*"das ewig Weibliche"* を含む末尾二行は「永遠にして女性的なるもの、／われらを牽きて昇らしむ」(第五幕「山峡」一二一一〇―一一行、高橋義孝訳)である。ファン・デル・フリースは「ファウストを天国に迎え入れる精霊の合唱により、聖母マリアを礼賛して歌われる」(98)と解説を付している。また『恥辱』の創作ノートにはこの場面について書かれたと思われるメモがあり、そこには「ルーシーが働いているのを彼が眺める場面は、エピファニー以上のものでなければならない」(*Disgrace* NB3, 9 May 1998)と記されている。であればこの場面は、ルーシーとルーシーの子どもに託された希望を、デイヴィッドが垣間見る瞬間であるのかもしれない。

そしてキリスト教の色彩が濃厚ではあるものの、ここでおぼろげに示唆されている救世主は、少なくとも

『動物のいのち』でエリザベス・コステロが批判する「理性の神」とは異なるはずだ。コステロは、「神は理性の神なのです。理性を働かせれば宇宙が機能する法則を理解できるという事実は、理性と宇宙が同じ存在であることを証明しているというのです。そして理性を欠く動物が宇宙を理解できず、ただ盲目的にその法則に従わなければならないという事実は、人間とは違って、彼らが宇宙の一部ではあってもその本質には属していないことを証明しているというのです。つまり人間は神のような存在であり、動物は物のような存在だというわけです」(*Lives* 23; *Elizabeth* 67)と述べている。つまり「理性の神」は神、人間、動物というヒエラルキーを生み出すのだ。いうまでもなく、動物と同等の位置に立とうとするルーシーがこのような救世主を導くことはないはずだ。

『恥辱』おいてはデイヴィッドもルーシーもそうした理性に基づく価値基準と向き合わざるを得なかった。それが人種関係、男女関係、人間と動物の関係のすべてに関わるからだ。デイヴィッドは動物たちの死につき添い、また自らの死への意識が深まるにつれ、この価値基準が否定する動物の命をますます感じ取っていく。とはいえ彼がこの価値基準の外を想像できるわけではない。そこへ漕ぎ出す希望はルーシーとその子どもに託されているだろう。ただし『恥辱』はルーシーの出発点で物語を語り終える。そこから先、未来についての思索は、『恥辱』後の作品をひもとく必要がある。前述の処女懐胎神話が反復される『イエスの幼子時代』を含むイエス・シリーズは、より直接的にこの思索を引き継いでいるように見える。(14)

実際、『恥辱』のデイヴィッドはルーシーの妊娠を知ったとき、「ヨセフ」(217)に彼自身を位置づけている。処女懐胎神話に照らせば、「ヨセフ」とはイエスの養父だ。そして先掲の田尻は『イエスの幼子時代』の「シモンの立場」をヨセフになぞらえている。であればイエス・シリーズにおいてデイヴィッドはシモンとなり、新たな世界で——それは田尻が示唆しているように「来世」(Tajiri 77)なのかもしれないが——救世主を見守るのかもしれない。一方でその救世主の位置にある少年はダビード（David）と呼ばれる。[15] その名前から、彼にもまた『恥辱』のデイヴィッド（David）とのつながりを想像し得る。いずれにせよ、イエス・シリーズでは、一つには理性とは異なる価値基準の探究が、『恥辱』で営まれた思索の延長線上で行われているように見える。

「『闇の奥』における二つのヴィジョン」のなかでサイードは、サルマン・ラシュディのエッセイ「鯨の外側」（"Outside the Whale"）から以下を引用している。[16]

鯨の外側で作家は、自分が群衆の一部、大海の一部、嵐の一部であることを受け入れざるを得ない。その結果、客観性などというものは大きな夢、すなわち完璧さのように、成功の見込みがまったくなくてもそこへ向かって奮闘しなければならない達成不可能なゴールとなる。鯨の外側はサミュエル・ベケットの有名な言葉どおりの世界である。「私は続けられない、私は続ける（*I can't go on, I'll go on.*）」[17]

（qtd. in Said, *Culture* 27）

ラシュディがここで述べているのは、作家が静観主義を貫ける鯨の内側などなく――あるいは鯨自体が存在しないのであり――、作家は鯨の外で赤ん坊のように不満の声を上げなければいけないということだ。帝国主義のポリティクスではなく、その基盤である理性の価値基準に抵抗しようというならば、すでに「達成不可能なゴール」のその所在さえ不明であるだろう。「私は続けられない、私は続ける」というベケットの言葉がこの上なく当てはまる試みである。

おわりに

本書はＪ・Ｍ・クッツェーの『夷狄を待ちながら』と『恥辱』の両作を貫く命をめぐる思索を見つめた。そこには見失われた他者の命を回復させようとする苦闘があった。ここに、第一章で取り上げたクッツェーの言葉を少し長めに掲げておこう。

> 南アフリカにおいては苦しみの、したがって体の権威を否定することは不可能だ。それは論理的な理由のためでも、倫理的な理由のためでもなく、〔……〕政治的理由のため、つまり権力という理由のために不可能なのである。もう一度、明確にいわせてもらおう。苦しむ体の権威は人が授けるのではない。苦しむ体がこの権威を得るのである。それが苦しむ体の権力だ。別のいい方をすれば、それは否定し得

ない権力だ。（完全に括弧つきでつけ加えさせてもらうならば、世界の苦しみの現実に、私は一人の人間として、一個の人格として、圧倒され、私の思考は混乱と無力感のなかに投げ出されている。そしてそれは人間の苦しみばかりではない。私のフィクションの構築は、そのように圧倒されることへの取るに足らぬこっけいな防御なのだ。私には明らかにそうだ。）

(*Doubling* 248)

おそらくクッツェーの思索の出発点はここにある。すなわち他者の苦しみに圧倒されてきた経験だ。そして彼のポストモダニズムが相対主義に陥らず、常に倫理と向き合うことになるのも、こうした地盤の上にあるからなのだろう。

『夷狄を待ちながら』について根本美作子は、拷問を受けた遺体を行政長官が目にしたときから、彼に「イメージの呪縛」が作動したのだと述べ、ピエール・パシェを引いて「見てしまうことは、見てしまった者を共犯者に仕立て、責任の問題を作動させる」（81）と書いている。クッツェーもまた、「見てしまった者」であるだろう。しかも彼はエリザベス・コステロに見ないようにすること、すなわち「意図的な無知」（*Lives* 20; *Elizabeth* 64）を非難させている。つまり彼は見続けなければならず、責任を取り続けなければならない。コステロは彼女の動物擁護の訴えについて、「自分の魂を救いたいという欲求から」（*Lives* 43; *Elizabeth* 89）行っていることだと述べる。クッツェーの作家としての原点にも、同じ欲求があるのかもしれない。

ところでクッツェーは『ヒア・アンド・ナウ』のなかで、次のようにオースターに書き送っている。「芸術における人生を、大まかに二段階、あるいは三段階に分けて考えることができる。第一段階では大きな問いを見出す、あるいは自分自身に投げかける。第二段階ではその問いに答えるために奮闘する。そして十分に長生きできれば、第三段階に行き着く。すると前述の大きな問いにうんざりしてきて、どこか別のところに目を向けたくなるんだ」（Auster and Coetzee 88）。であれば『夷狄を待ちながら』と『恥辱』を貫く命をめぐる思索は、第二段階における大きな問いへの応答であったといえるだろうか。

この思索のなかに立ち現れた行政長官もデイヴィッドも、それぞれのあり方を根底から変えることはできない。けれども変われないまま、行政長官は「死」のように感じられる他者の世界に身を置き、デイヴィッドは他者の命を伝えるような音を作り出すことに専念していく。いわば変われないまま、成長をとげるのである。そしてルーシーもまた、成長する。「地面での出発」（205）を選び取るのだ。それはデイヴィッドの理解を超えたところにある、『老子』にも通じるような生き方の選択だ（第五章注（11）参照）。「ええ、犬のように」（205）と、決然と応えるときのルーシーには「崇高な」とか「強靭な」といった言葉を当てはめてみたくもなる。だがそうした言葉の数々が、彼女が脱ぎ捨てたはずのヒエラルキーの方向を指すのであれば、もはやただ「美しい」としかいいようがないのだが、この言葉も可能かどうか……（そしてクッツェーはカフカの「犬のようだ」というフレーズに「侵入」し、ここでその意味をまったく変えてしまった（第五章注（8）参照））。

本書は二作品に集中して命をめぐる思索を追った。だが異なる形式で書かれた他のクッツェー作品にもこの思索は通底していると考えられる。そしてクッツェーは、同じくオースターに宛てた書簡に「文学の場合、晩年のスタイルというのは、私にとって、シンプルで抑制された飾らない言葉という理想と、生と死の問題までをも含む、本当に重要な問題への集中から始まる」（97）と書いてもいる。とすればクッツェー作品において命をめぐる思索が止むことはないのだろう。「第三段階」までは、少なくとも……。

注

はじめに

（1）　本書が使用する未出版のクッツェー関連資料は、すべてテキサス大学オースティン校のハリー・ランサム・センター（Harry Ransom Center）所蔵。ハリー・ランサム・センターは、主に一九六〇年から二〇一二年までの膨大な量のクッツェー関連資料を保有している。そこには創作ノート、草稿、ビジネス・レター、写真、デジタル資料などが含まれる。古くは一八六四年までさかのぼる資料もあるようだ。ちなみにテキサス大学オースティン校で、クッツェーは一九六九年にベケットに関する論文で博士号を取得している。

（2）　『恥辱』は二〇〇〇年四月、南アフリカ人権委員会のメディアにおける人種差別の調査において、南アフリカ与党アフリカ民族会議により、南アフリカ白人の間に残る根強い人種差別の証拠として取り上げられてもいる。アトウェルとマクドナルドはそれぞれこの件を取り上げ、異なる見解を示している（Attwell, "Race"; McDonald）。

第一章　過去

（1）　ソウェト蜂起のソウェトすなわちSowetoとは、South Western Townshipsの略。この名称に含まれるtownship（タウンシップ）は、「アパルトヘイト時代に都市に設置された黒人居住区のこと」を指す（峯『60章』九）。一九七六年、このソウェトで黒人学生たちによる反乱が起きた。それがソウェト蜂起である。レナード・トンプソンはその様子を次のように記している。

一九七六年六月一六日、ソウェトの数千人の黒人生徒は、教科の半分をアフリカーンス語――生徒たちは、これを抑圧者の言語と見なした――で教えようと強制する政府に反対してデモを行った。デモの最中に、警察官の銃撃によって一三歳のアフリカ人生徒が殺害されると、抗議行動は全国に広がった。〔……〕政府の調査委員会によれば、一九七七年二月までに少なくとも五七五人が殺害されたが、そのうち四九四人がアフリカ人、七五人がカラード、五人が白人、一人がインド人であった。（トンプソン『南アフリカ』三七四）

アフリカーンス語とは、アフリカーナーと呼ばれる「一七世紀半ば以降、主としてオランダからやってきた移民の子孫たち」が話す言語である（峯『「虹の国」』一二）。「もともとオランダ語のクレオール（混交語）であり」、これに「文法を跡づけして、正式な「白人の言葉」に仕立て上げたのがアフリカーンス語」だ（峯『60章』二九―三二）。

またトンプソンの引用中、南アフリカの人々が「アフリカ人」、「カラード」、「白人」、「インド人」と区分けされているが、これは「南ア〔南アフリカ〕特有の言葉づかい」であり、「「アフリカ人」はズールー人やコーサ人など「バントゥー系の言葉を話す」人々、「カラード」は「南ア英語ではいわゆる混血の社会層、あるいは既成の人種分類におさまらない社会層」、「インド人」は「インド国籍をもつ人びとではなく、インド系南アフリカ人」を指す。そして「アフリカ人、カラード、インド人をあわせて「黒人」」と呼ぶが、これは「もともとは黒人意識運動の用語法」で、「これに白人〔……〕をくわえて、「南アフリカ人」が成立」する（峯『60章』八）。なお「黒人意識」については第二章注（10）参照。

（2）　スティーヴ・ビコについては第二章第二節および第二章注（10）（11）（12）参照。

（3）　ロベン島はアパルトヘイト時代には政治犯の強制収容所として利用され、一八年間にわたりネルソン・マンデラがこの島の刑務所に収容されていたことで有名。メモには「ロベン島、すなわち旧刑務所は今やくたびれたホテル」とある。ロベン島の刑務所が閉鎖されたのは一九九六年であり、メモが書かれた一九七七年にはいまだ刑務所であったことを考えれば、当初の構想において『夷狄を待ちながら』は近未来の南アフリカが想定されていたと推察される。

（4）　創作ノートに記されている初期構想については第二章で詳述する。

（5）　ディック・ペナーはこの行為が、「外形的には」新約聖書における二つのエピソードと類似しているが、行政長官は彼自身と拷問者との距離の近さに意識的であると述べている。ペナーが言及しているエピソードの一つは「ラザロの姉、マリヤがイエスの足に香油を塗るエピソード」、もう一つは「イエスが弟子たちの足を洗うエピソード」である（Penner 38; 前者のエピソードは『聖書』「ヨハネ」第一二章一―八節、後者は同第一三章四―五節）。『ハーパー聖書注解』によれば、前者のエピソードは、「葬りのために塗油を施されているものとしてイエスを描いており、明らかに彼の死を予示している」（一一一四）。また、後者のエピソードは、「この記事の初め〔第一三章一―三節〕におけるイエスの近づきつつある死への暗示を考慮に入れれば、弟子たちの足を洗うことは彼らのためのイエスの死を意味していることが明らかとなる」（一一一五）。すなわち二つのエピソードはともにイエスの自己犠牲を暗示している。行政長官をイエスの姿になぞらえるのであれば、特に後者のエピソードとの類似性が高い。彼の自己犠牲を読み込み得る『夷狄を待ちながら』の最終シーン（本章第五節参照）の予示をここに見出すことも可能だろう。

（6）　参照されている文献は以下のとおり。John Frank Kermode. *The Sense of an Ending: Studies in the Theory of Fiction*. Oxford UP, 1967, p. 48.（フランク・カーモード『終りの意識――虚構理論の研究』岡本靖正訳、国文社、一九九四年）。

（7）　この行政長官の行為にギャラガーは「キリストのような特性」（Gallagher 131）を見出している。

（8）　この一連の場面との関連性については定かではないが、創作ノートには「『体のスピーチ』（*The Speech of the Body*）という本を誰かが書くべきだ」（*WFB* NB2, 14 Oct. 1978）というメモが見つかる。

（9）　クッツェーの『動物のいのち』（*The Lives of Animals*）で、動物愛護を訴えるエリザベス・コステロは、聴衆に動物の立場に立つことを促す過程で、死を想像するようにコウモリの生を想像できるという内容の発言を行う（*Lives* 32-33; *Elizabeth* 77）。この発言には、コウモリの生は死のようだという含意を読み取り得る。すなわちコステロはここで、他者性と死の隣接を暗示しているのではないか。

（10）　『夷狄を待ちながら』の創作ノートには、同場面の構想であるかどうかは不明だが、囚人の背中に“THE EMPIRE IS FOREVER”（*WFB* NB2, 21 Feb. 1979）という言葉をペイントするという内容のメモがある。また「敵」“ENEMY”になる前、「反逆者」“REBEL”が検討されてもいたようだ（*WFB* NB2, 16 May 1979）。

（11）　この場面はカフカの「流刑地にて」（“In der Strafkolonie”）を先行テクストとしていることがアトウェルやモーゼスらに指摘されている。クッツェーの創作ノートにも「流刑地にて」の末尾について、島内で終わった方がよいといった内容のメモがあり、実際に「流刑地にて」が意識されていたことがわかる（*WFB* NB1, 14 Sep. 1977）。「流刑地にて」では、ある旅行家が兵士の死刑執行に立ち会う。死刑は処刑機械を用い、鉄の針で囚人の体に判決文を書き込んでいくという方法で行われている。ただし囚人は判決内容はおろか、判決を受けたことさえ知らない。死刑執行者である将校はこれを正義だと考えているようだ。しかし旅行家が批判的な態度を示すと、将校は自分自身に「正義をなせ」という判決を下し、自らを処刑機械にかける（カフカ「流刑地にて」五〇―一〇二、池内紀訳）。

（12）　モーゼスはまた、『夷狄を待ちながら』の囚人も「流刑地にて」の囚人同様、背中に書かれる宣告について無知であると捉えている（Moses 121）。

（13）　コンスタンディノス・ペトルゥ・カヴァフィス（一八六三―一九三三）は、「エジプト・アレクサンドリアのギリシャ人街」に、「富裕なギリシャ人商人の子」として誕生した詩人である（カヴァフィス　四四六）。カヴァフィスの詩「夷狄を待ちながら」のタイトルは、英訳ではクッツェーの小説と同じ“Waiting for the Barbarians”（Cavafy 31）だが、この詩の中井久夫訳は「野蛮人を待つ」としている。その中井久夫訳「野蛮人を待つ」から末尾二連を以下に掲げる。「夜になった。野蛮人はまだ来ない。／兵士が何人か前線から戻った。／野蛮人はもういないとさ／／さあ野蛮人抜きでわしらはどうなる？／連中はせっかく解決策だったのに」（カヴァフィス　二九―三〇）。

（14）　クッツェーはインタビューで「一九八〇年に小説（『夷狄を待ちながら』）を出版した。良心の男の人生に拷問部屋が及ぼす影響についての小説だ」（*Doubling* 363）と話している。

（15）　第四の夢は実際にはいくつかの夢の集合体であるが、ここでは一つの夢として扱う。

（16）　『夷狄を待ちながら』の創作ノートには、完成版『夷狄を待ちながら』との直接的なつながりはないが、「彼の夢（夢と記憶にはもはや大した相違はない）は、少女を巻き込む」（*WFB* NB1, 3 Sep. 1977）というメモがある。現実との距離における夢と記憶の差異が抹消されている点で興味深い。

（17）　シモーヌ・ヴェイユ『重力と恩寵』（*La Pesanteur et la Grâce*）の関連箇所で、ヴェイユは悪の伝染について述べ、「私たちは悪を私たちの不純な場所から純粋な場所へと移し変え、そうすることによって悪を純粋な苦しみに変えなければならない。我々の内に潜む罪悪を、我々は自分自身に負わせなければならない」（Weil 73: 傍点は筆者）と続けている。傍点部分が『夷狄を待ちながら』に取り込まれている。またクッツェーの創作ノートにも、ヴェイユの言葉として同部分が記されている（*WFB* NB2, 5 Oct. 1978）。

（18）　たとえばノースロップ・フライは春夏秋冬をそれぞれ「若さ、成熟、老年、死」（Frye 160）にあてはめている。

（19）　クッツェーは創作ノートで、三島由紀夫と思われる作家の作品を取り上げ、次のように述べている。「私が読んだ日本の小説（自殺した男によって書かれたもの）において興味深いのは、道徳上の完全な均衡状態に向かって物語が進行し、すべてが決着する。すると非合理な衝動（これはより深淵な道徳感覚といえる）が、物語をさらに先へと進める点だ。ミシマ」（*WFB* NB1, 15 July 1977）。クッツェーには実際に「非合理な衝動」ともいうような、言語を超えた場所にある正義の感覚に望みをかけるところがあったのかもしれない。

（20）　この書評はケープタウンの『アーガス』紙に修正の上、再掲された。修正の一つは、『サンデー・タイムズ』紙の記事にあった“South Africa's own unspeakable Colonel Swanepoel”という六語の削除である。Swanepoel とは公安警察に属し、囚人に対し最も残忍な拷問を取り仕切ったことで知られる人物だ。興味深いのはクッツェーが『アーガス』に書評が掲載されたのちレヴィンに手紙を書き、記事を同封した上でこうした修正を知らせている点だ。彼は削除について、「『アーガス』の誰が行ったにせよ、新聞社と私自身を守ろうと思った」のだろうと述べた上で、この件を通じて公的な検閲が通ったのちも、「別の形の検閲」が働く様子が見られ「啓発的」だと書いている（Business Correspondence, 27 March 1981）。クッツェーはまた、この件を別の人物にも伝えている。それはニューヨークのペンギン・ブックスの広報担当者で、彼女はクッツェーにインタビューについての打診を行ったようだ。クッツェーは彼女に返信を送り、そのなかで前述の経緯を説明している。その上で『夷狄を待ちながら』は「間接的な」物語であり、インタビューにおいては彼自身のために物語の概略や解釈、また南アフリカにおける出来事との関連などについて、何も確定的なことは話せない旨を伝えている。さらに、記者に対して過去、彼は「捉えどころのない（evasive）」態度を示してきたが、必要であれば今後もそうなるとも書いている（Business Correspondence, 26 Aug. 1981）。アトウェルは『夷狄を待ちながら』の初期構想が南アフリカに設定されているため、完成版で時空間が特定されていないのは検閲のせいではなかったと主張している（Attwell, *Life* 84）。その真相は定かではない。しかしどうであれ、こうした手紙は検閲がいかにクッツェーに重い影響を及ぼしていたかを伝えるものだろう。なお上記資料はすべてハリー・ランサム・センター所蔵。

（21）　引用部内の引用は『夷狄を待ちながら』（79）より。

（22）　引用部内の引用は『夷狄を待ちながら』（102）より。

第二章　過去から現在

(1)『夷狄を待ちながら』の創作のノートのメモが一九七七年七月に開始されていることから想定。

(2)『恥辱』に関連があると思われる最初の創作上のメモが一九九四年一二月付けになっていることから想定。このメモが記されている創作ノートの見返しには、『少年時代』、「リアリズムとは何か?」、「肉食の国」、『恥辱』、プリンストン講義、『辺境からの三つの〈自伝〉:II』のタイトルが記されており、これらの作品が同時進行していた様子がうかがえる(*Disgrace* NB1)。このノート以降の二冊には『恥辱』と『動物のいのち』のタイトルが記され(*Disgrace* NB2 および *Disgrace* NB3)、さらにそのあとの一冊には『恥辱』と記されている(*Disgrace* NB4)。したがってこれらの創作ノートの少なくとも三冊は『恥辱』専用のノートではないのだが、便宜上「『恥辱』の創作ノート」と呼ぶことにする。

(3)　完成版『恥辱』の「時」は一九九七、八年頃と考えられる。これは完成版のなかでデイヴィッド・ルーリーの年齢について「五二歳」(1)とあること、また物語内の『アーガス』紙の記事に「ルーリー(五三)」(46)とあること、さらに「デイヴィッド・ルーリー(一九四五—?)」(46)とあるため。

(4)　ただしアトリッジは、デイヴィッドが行政長官に近い人物であることを指摘し、「彼〔デイヴィッド〕は行政長官と同様に強い正義の感覚を持っているが、それが彼自身の性行動にまでは及ばないようだ」(Attridge, *J. M. Coetzee* 171n13)と述べている。

(5)　アトウェルはクッツェーの創作ノートや草稿を参照して書いた『夷狄を待ちながら』についての論考「革命を書く」("Writing Revolution")で、『夷狄を待ちながら』の草稿のなかにのちに『恥辱』で展開されるアイディアが見出されることに言及している(Attwell, *Life* 87, 92)。

(6)　フロイトの「自伝的に記述されたパラノイアの一症例に関する精神分析的考察〔シュレーバー〕」については、『フロイト全集11』に収録されている渡辺哲夫訳を用いた。タイトルだけではなく、本書で引用したクッツェーのエッセイ中に見えるフロイトの言葉と思われる表現についても可能なかぎり渡辺訳を当てている。ただし渡辺訳において"libido"は「リビード」と表記されているが、本書では慣習にしたがって「リビドー」と表記している。

「自伝的に記述されたパラノイアの一症例に関する精神分析的考察〔シュレーバー〕」は、フロイトが法学博士のダニエル・パウル・シュレーバーの著書『ある神経病者の回想録』(一九〇三)を分析したもの。シュレーバーは、フロイトにとって「一度も会ったことがないけれども、自身の病歴を自伝的に公刊したひとりのパラノイア患者」(「自伝的」一〇一)である。

(7)　男はケープタウンで少年と関係を持つ。フロイトはシュレーバーの病気の根底に同性愛的リビドーの爆発を見出しており、「一般に人間は生涯の長い期間を通じて異性愛的感情と同性愛的感情のあいだを揺れ動くのであり、挫折や幻滅が一方の感情を他方の感情へと押しやることは稀でない」(「自伝的」　一四四)と述べている。

(8)　ここで喚起されるのは『エリザベス・コステロ』の「レッスン1　リアリズム」である。コステロは「リアリズムとは何か?」というテーマの講演で、猿が人間のようにスピーチを行うカフカの短編を取り上げる。息子のジョンがその理由を訪ねると、コステロは「カフカの猿は生のなかに組み込まれている。大切なのは組み込まれていることであって生そのものではない」といい、カフカの猿はたとえ本のページに書かれていなくても、どのようにその生を終えることになるのかまでわかるのだと語る(Coetzee, *Elizabeth* 32)。

(9)　完成版『夷狄を待ちながら』におけるこれらのエピソードについては本書第一章で取り上げている。

(10)　スティーヴ・ビコ(一九四六―一九七七)はナタール大学の医学生時代にSASO(南アフリカ学生機構)を結成し、「黒人意識(Black Consciousness)」の思想を提唱する。ビコの著書『俺は書きたいことを書く』(*I Write What I Like*)に収録されている「SASO(南アフリカ学生機構)政策宣言(一九七二年)」には、「黒人意識」運動についての七項目が掲げられている。それによれば「黒人意識」とは、「精神的態度」かつ「生活様式」であり、「その基本的主張は、黒人は、自分の生まれた土地にありながら自分を異邦人にし一人ひとりの基本的な人間の尊厳をないがしろにさせる、すべての価値体系を拒否しなければならない、というところにある」。「黒人意識」はさらに、「劣等感を通じた心理的抑圧」や「白人人種主義社会において生きるところからもたらされる物理的抑圧から、自らを解放すること」、また「黒人」もしくは「被抑圧者」が「政治的、経済的、社会的にひとつの人種集団として」団結することを繰り返し呼びかけている(ビコ　四三九、峯陽一ほか訳)。

峯陽一によれば、「ビコは、アフリカーナーの粗野な人種偏見よりも、むしろ、自分は良心的だと思っている白人たちの偽善を鋭く告発し」、「「リベラルは黒人の抑圧を、美しいはずの風景をそこねる目障りなものとみなしている。だから、その問題を忘れたり、目をそむけたりすることができる」〔……〕「分析をつきつめていくと、白人なら誰でも、特権へのパスポートによって、抑圧者の陣営にいることから免れえないことがわかる」」と主張していた(峯『60章』　一二〇―一二一)。

(11)　ビコは一九七三年より警察の監視下に置かれ、一九七七年、獄中で警察官の拷問を受け死亡。レナード・トンプソンによれば、死亡時の状況は以下のとおり。「死因は、頭蓋骨の負傷が原因で引き起こされた脳障害であった。彼に大けがを負わせたあと、警察官は裸のままのビコをライトバンの後ろに乗せて、夜間七五〇マイル(約一二〇〇キロ)移送した。その翌日、ビコは死去した」（トンプソン　三七四―七五、宮本正興ほか訳）。こうしたビコの死は世界中に衝撃を与え、国連安全保障理事会が「全会一致で、南アフリカに対する強制的な武器禁輸を決議」（三七七）するきっかけにもなった。

（12）『夷狄を待ちながら』の創作ノートにおいて、最初にビコの名が記されているのは一九七八年一月一四日付けのメモにおいてである。ただしそれ以前の一九七七年一一月に『国境警備兵』と記されて『夷狄を待ちながら』の構想が刷新されており、このころから「拷問」についての検討が開始されている。

（13）クッツェーはほかの作品においてもこうした大学の状況に触れている。たとえば『悪い年の日記』（*Diary of a Bad Year*）では、作家Cが「一九八〇年代、九〇年代における大学の苦悩はかなり不面目な内容である。というのも財政支援削減の脅威のもとで、大学は自らが企業と化すことに甘んじたのだ」（35）と批判する。

（14）中井亜佐子はこの語りについて「『少年時代』と同じ三人称現在形の語りは、「信用できない」［デイヴィッド・］ルーリーの視点の外側にある超越的な「作者」の語りの場といったものを容易には許容しない」（二八一）と述べている。

フィリップ・ルジュンヌは「三人称の自伝」（"Autobiography in the Third Person"）と題したエッセイのなかで、自伝における三人称の使用について、「著者は、あたかも別の人間が彼について語っているように、もしくは、彼が別の人間について語っているかのように、自分自身のことを語る」（Lejeune 29）と述べている。『恥辱』は自伝ではないが、デイヴィッドが『夷狄を待ちながら』の行政長官と同じ「私（I）」ではなく、「彼（he）」と表されている点には、こうした客観的距離を想定し得るのではないか。ちなみにクッツェーは「すべての自伝は物語であり、すべての著述は自伝である」（*Doubling* 391）と述べている。なお、本書ではデイヴィッドが「彼」として「語られている」のであっても、便宜上デイヴィッドが「語る」と表す場合がある。

（15）ワーズワスの『序曲』（*The Prelude*）には主に一八〇五年版と一八五〇年版がある。デイヴィッドは一八五〇年版を使用している。彼が講義で読むのは、次の第六巻五二四―五二八行。「わたしたちはまた初めて／モンブランのむき出しの山頂を眺め、幻滅した、／目に映ったのは魂の抜けた山の形骸、／それが心の中に生きる至高の山を／簒奪した。」なおこの訳は一八〇五年版の訳である山内久明訳（『対訳　ワーズワス』）に基づき、一八五〇年版の内容と異なる部分のみを変更した。また原文については、Jonathan Wordsworth 編（Wordsworth, *The Prelude*）を参照した。ちなみにワーズワスは一七九〇年八月にアルプスを訪れている。

（16）ワーズワスの一八五〇年版『序曲』第六巻の五九二―六〇八行は次のとおり。下線部分の一行目が五九九行に当たる。

Imagination—here the Power so called
Through sad incompetence of human speech,
That awful Power rose from the mind's abyss
Like an unfathered vapour that enwraps,
At once, some lonely traveller. I was lost;
Halted without an effort to break through;
But to my conscious soul I now can say—
'I recognise thy glory:' in such strength
Of usurpation, when the light of sense
Goes out, but with a flash that has revealed
The invisible world, doth greatness make abode,
There harbours; whether we be young or old,
Our destiny, our being's heart and home,
Is with infinitude, and only there;
With hope it is, hope that can never die,
Effort, and expectation, and desire,
And something evermore about to be.
(lines 592-608; 下線は筆者)

（17）　五九九行から六〇二行は注（16）の下線部分。訳は一八〇五年版岡三郎訳（『ワーズワス・序曲』）を土台にしている。

（18）　ただし草稿のこの部分全体に削除の印が施されている。

（19）　ギルは、ワーズワスの「記憶」と「想像」の関わりについて、次のように述べている。「ワーズワスは〔……〕『序曲』を通じて、想像は記憶や自然物と常に関わっていると主張している。可視世界がその領域、記憶がその動因。想像はこのどちらよりも偉大であり、双方を超越するものである」（Gill 71）。すなわちギルによれば、「記憶」は「想像」を引き起こす役割を果たす。

（20）　クッツェーは『ホワイト・ライティング』（*White Writing*）で、いかに南アフリカの風景が英語という言語、あるいは西洋のアイデンティティーにとって捉え難いものとして映ってきたかについて述べ、「詩人は聖書解釈学の眼差しで風景を見渡すが、それは無軌道のままであり、象徴を含む風景として意味を成すことを拒む」(9) と書いている。また「英語の風景詩は複雑な、哲学的に発達した風景の詩学および美学から生まれている。その偉大なる人物がワーズワスとコンスタブルだ」(174) と述べている。とすればデイヴィッドの言葉は現実から半ば目を逸らすことにより強引に、イギリスの伝統を南アフリカの風景の上に展開することを推し進めるものであるだろう。ちなみに草稿のなかには、メラニーが「南アフリカの入植者の著述における風景とジェンダー」(*Disgrace* PD, 10 April 1996) というテーマで修士論文に取り組み、デイヴィッドがこれを指導するといった内容が見つかる。一時クッツェーは、『恥辱』で風景の問題をより大きく扱おうとしていたのだと推察される。

(21) 自殺未遂のほか、事故死なども検討されている。たとえば一九九七年六月のメモには「元の構想に戻るべきだと思う。メラニーとその少年はバイク事故で死ぬ」(*Disgrace* NB2, 8 June 1997) とある。

(22) マーゴット・ビアードは名前について考察し、グロリアとメラニーの「光と闇の対照は明らかだ。メラニーの名は〔英語の〕"dark"に相当するギリシャ語からきており、それは(〔デイヴィッド・〕ルーリーの目に映る) 彼女のエキゾチシズムを示唆しているが、彼女はドック・シアターのステージ上で「グロリア」に変身する。メラニーはまた、その名前でルーシーと対照を成してもいる。ルーシーの名はラテン語の「光」からきている」(Beard 65) と述べている。

(23) "*la donna è mobile*"は、ヴェルディのオペラ『リゴレット』第三幕でマントヴァ公爵が歌う有名なアリア。「女心の歌」とも呼ばれる。

(24) クッツェーはしばしば草稿においてアイディアの整理をしているが、その一つでタイトル候補が以下のように整理されている。"(A) Disgrace. / (B) Falling Powers. OR: X Y, Falling Powers.〔. . .〕/ (C) Story of an African Farm.〔. . .〕/ (D) Winter . . . Winterwards.〔. . .〕/ (E) An Obscure Fate/Destiny" (*Disgrace* PD, DISGR-NT. V15 /1)。

第三章　現在

(1) 引用部冒頭に「どこかで、いつも、子どもが叩かれている」とあるが、これについてアトウェルはフロイトの「子どもが叩かれる」との関連を指摘している (Attwell, *Life* 101-02)。

(2) バデルーンは、ケープタウン中心部から少し外れたグリーン・ポイントについて、「アパルトヘイト時代、売春および人種に応じて定められた厳格な境界設定の侵犯により悪名の高い」エリアであったことを指摘している (Baderoon 91)。

（3） バデルーンによれば、オランダ東インド会社により「ケープに連れて来られ奴隷化された人々が「マレー」として知られるようになり」、今日でもケープにおけるその子孫がしばしば「ケープ・マレー」と呼ばれている。「マレー（Malay）」はもともと「マレーシア（Malaysia）」を示唆した。しかし奴隷化された人々はアフリカ、インド、東南アジアなど広範な地域から連れてこられており、これらの人々が一つのリングア・フランカを形成するにつれ、「マレー」はムスリムを意味するようになっていく。またそれと同時に「強制移住と奴隷化の歴史」の響きを含むようにもなる。その後アパルトヘイト政策のもとで「マレー」もしくは「ケープ・マレー」は人種のカテゴリーとなるが、これは植民地時代のムスリムを指す「マレー」とは語の使われ方が異なる。バデルーンの著書では、「歴史的文脈においてムスリムを指す語、特に奴隷の身分とイスラム教徒の関係を仄めかす語として「マレー」を用いている」（Baderoon 13）。

（4） バデルーンは、クッツェーが『ホワイト・ライティング』のなかで、西洋の風景美の型ともいうべき「ピクチャレスク」な景観を、白人入植者たちが所属感を求めて南アフリカの風景のなかに見出そうとしたと述べている点に注目し、「もしピクチャレスクであることが包含と同様に除外を意味するならば、奴隷制の暴力は決定的な「沈黙」なのである」と主張している（Baderoon 37）。

（5） デイヴィッドはまた、ソラヤの居住地が「ライランズかアスローン」（3）と見当をつけている。これについてバデルーンは「これら郊外の住人はアパルトヘイト政策下において、ライランズがインド人、アスローンがカラードと、人種的に異なると見なされていた」のであり、デイヴィッドが区別をつけていないことは、こうした知識からの「彼の特権的な距離、また特権的な知の欠如を暴露するものだ」と指摘している（Baderoon 92）。こうしたデイヴィッドの態度は、『夷狄を待ちながら』において帝国が「漁師」と「騎馬民族」の区別に無関心であることを喚起する（*WFB* 17）。

（6） 『ダスクランド』第一部「ヴェトナム・プロジェクト」では、命令は「父」が行う行為だ。「彼〔父〕は説得しない。命令する」（21）とある。この点は次節でも取り上げる。

（7） 詳細にはデイヴィッドはメラニーの名前について「メラニー――メロディー、虚飾の韻（a meretricious rhyme）。彼女にはふさわしくない名前だ。アクセントを移そう。メラーニ（Meláni）、浅黒い娘（dark one）」（18）と考える。ちなみにダウスウェイトは〝meretricious〟に「否定的含意」があること、またこの語が「売春を指す古風な表現」でもあることを指摘している（Douthwaite 142）。

（8） アトリッジはまた、アイザックスというメラニーの苗字が「ケープのムスリム・コミュニティー」や「南アフリカのユダヤ人」によく見られることを指摘してもいる（Attridge, *J. M. Coetzee* 173n15）。ただし『恥辱』の創作ノートには、メラニーについて「クリスチャン」(*Disgrace* NB2, 8 Jun. 1997)と記したメモがある。
(9)　ジェーン・ポイナーほかにより、この聴聞会の場面にはTRC(真実和解委員会)との類似性が指摘されている。またポイナーによるインタビューで、クッツェーはTRCについて「キリスト教の教えに大きく依拠した法廷的な場」であり、「公式の宗教がない国においてTRCはいくぶん変則的であった」と述べ、さらに「TRCが何を成し遂げ得たのかは、未来のみが語り得ることだろう」と話している(Poyner 22)。TRCの公聴会を取材した阿部利洋によれば、委員長を務めるデズモンド・ツツは開会を宣言するとまずキャンドルに火を灯す。賛美歌の斉唱がこれに続き、さらにツツがイエス・キリストに祈りを捧げる。阿部は「この光景を目にした誰もが、新たに民主化を果たした南アフリカは、にもかかわらず宗教的な儀式をもって、過去の政治的対立を取り扱おうとしている、と思ったはずである」と述べ、「南アフリカ国民のすべてが宗教的感情を持っているわけではない」などの批判があったことにも言及している(30-32)。なお『恥辱』の創作ノートを見ると、特に初期、TRCを取り入れるアイディアがあったようだ。この点についてはアトウェルが取り上げている(Attwell, *Life* 196-97)。
(10)　バデルーンはラッソールの言葉をソラヤに関連づけ、「デイヴィッドの要望に応じてソラヤが利用できることや売春宿の経営者に彼女が「所有」されていることは、白人男性による黒人女性の「搾取の長い歴史」についてのラッソールのの発言内容を予示している」(Baderoon 92)と述べている。一方ドミニク・ヘッドはラッソールに、拷問により自分が望む「真実」を引き出そうとする『夷狄を待ちながら』のジョルの類型を見出している。すなわちヘッドによれば、告白が「真実」を語るものだと仮定するなら、ラッソールがデイヴィッドに告白させようとする「真実」はラッソール自身が聞きたいと思っている、換言すれば、彼女によってすでに決定済みの「真実」なのである(Head, "Belief" 103)。
(11)　ドーンは米兵とヴェトナム女性の写真のほかに、米兵がヴェトナムの男たちの切り取られた頭を並べて微笑んでいる写真や、虎の檻に収監されているヴェトナム人捕虜の写真などを持ち歩いている。そこには米兵とヴェトナム女性の写真にあるような異性間の「セクシャル」な要素は皆無である。にもかかわらず、ドーンはほかの写真もまた、「あからさま」ではないものの、「あからさまにセクシャル(openly sexual)」だと語っている。すなわちドーンは米兵とヴェトナム女性の写真だけが「セクシャル」だと仄めかしていることになる。つまり米兵に抵抗できないヴェトナムの男たちの姿も「セクシャル」であるのだ。こうした点にもヴェトナムの男たちの女性化を読み取り得る。
(12)　ちなみにメラニーのこうしたフェミニスト的要素は完成版『恥辱』においては希薄だが、『恥辱』の初期の草稿においてはより明確に打ち出されていた。メラニーはマスター・クラスの学生で、彼女の指導教授が一年間の休暇をとるためデイヴィッドが彼女を預かることになる。彼女の研究テーマはフェミニズム理論を活用した「南アフリカの入植者の著述における風景とジェンダー」だ。デイヴィッドはフェミニズムについて彼が指導できることはごくかぎられていると前置きした上で引き受ける（*Disgrace* PD, 10 April 1996）。

（13）「ああ、勇士たちは倒れた（how are the mighty fallen）」は旧約聖書（「サムエル記下」第一章一九、二五、二七節）からの引用（Van der Vlies 102）。ここでは日本聖書協会による口語訳『聖書』から、二七節の訳を用いた。サウルとその子ヨナタンの死に対するダビデの哀悼の表現である。

（14）ちなみに「動物のいのち」では、動物保護を訴えるコステロが「私はこの思いやり（*kindness*）という言葉をその完全な意味、つまり私たちが皆、同類（one kind）であることの受容という意味で使います」（*Lives* 61; *Elizabeth* 106）と述べる。この発言は、人間には本来、動物と「同類」という感覚があるが、特に西欧文化が人間と動物を分断したのだという文脈にある。この発言を裏返せば、他者化が"kindness"の喪失を意味することになるだろう。

（15）グラント・ファレッドは『恥辱』の舞台である東ケープについて、「歴史上のフロンティアであり、人種、人種差別、人種間関係が最も深く埋め込まれ、再構築に最も抵抗する場所」だと述べている（Farred 17）。

なお「グレアムズタウン」は「グラハムズタウン」と表記される場合もあるが、本書では峯陽一著『南アフリカ――「虹の国」への歩み』にならって「グレアムズタウン」と表記する。ただしグレアムズタウンは、二〇一八年にマカンダ（Makhanda）と改称されている。

（16）ランクは「娘に対する父親のエロティーシュな愛着を自明の現象として、またほとんどすべての場合に生じる現象として描いている素朴な童話や伝説とは逆に、文学においてわれわれがこのモチーフに出会うのは比較的稀である」（五五四）と書いている。デイヴィッドもまた、引用にあるとおり「おとぎ話」（87）を思い浮かべている。またアポロニウス伝説についてランクは、父娘の露骨な近親姦は隠蔽されていても「王と娘という人物はすべて［……］もともとは近親相姦的な交わりのなかに生きている男女のコピー」であり、「アポロニウス伝説の物語の根底に娘の強姦という意図が横たわっている」と述べている（五三七）。

なおランクの引用はすべて前野光弘訳を用いた。ただし前野訳で使用されている「近親相姦」は双方合意を想起させるため、本書では「近親姦」と表すことにする。ただし引用部についてはそのままに置く。

（17）ランクによれば娘が第二の花嫁となり老いた母親と交換されるとき、母親との類似性が娘に求められる。ルーシーと彼女の母親との類似性については次のように語られている。「ルーシーは母親がよくそうしたように彼をからかう。ルーシーのウィットの方が少しばかり鋭いが。彼はいつもウィットのある女たちに魅かれてきた。ウィットと美。どう頑張ってみても、メラーニ（Meláni）にウィットは見つからないだろう。だがあふれんばかりの美がある」（78）。ここでルーシーからメラニーに話が移り変わる点は、デイヴィッドの意識のなかで二人の女性としての距離が近いことを示唆しているだろう。

(18)　ランクは父娘の近親姦を「「兄弟たち」がすべての姉妹を性的に共有していたころの原初的集団婚姻制のひとつの結果」とし、兄弟のなかで「確実に最強であるひとりが他をその支配下に置いた時、つまり「父親」にのしあがった時初めて彼は姉妹たちに対しても、今や「娘」から依存されるというかたちで彼に与えられたその権利を用いた」と書いている。これは大家族の夜明けであり、「大家族においては父親は娘たちをも自分のために要求し、他方彼は息子たち（兄弟、婿）を彼女たちから遠ざけておこうとする」（五二三）。

(19)　ランクは母親と息子の近親姦関係と同様に、父娘の近親姦関係は人間の普遍的情動であると考えている。しかし文化の発展に伴い、こうした情動への抑圧が生じたために、神話や文学など空想世界のなかに代用的に表象されることになったという。その上で彼は母親と息子の関係と比較した場合の相違点を三つ挙げている。第一に母と息子の関係において空想世界を創造するのは息子であるのに対し、父娘関係おいてはほとんどの場合、父親が空想世界を創造する。ちなみに「神話形成、宗教的創造、文化活動もまた男性の性空想を充足させ、是認することを目指している」。第二に母親と息子の場合、年齢差が空想の実現を阻むのに対し、父娘の場合、父親は若い娘との性的関係を実現し得る。第三に父親は娘に対し父権を発揮できる（五二一―二三）。

(20)　コーサ人は「人口約八〇〇万の大きな民族。〔……〕一七世紀に南アフリカに入植した白人が、一八世紀に入ってケープ地方から東に植民地の拡張を開始した際、彼らは一世紀にわたり激しい抵抗を示したが、結局敗退した。それ以後、白人との接触のため文化変容を受けたが、なお伝統的な生活様式を残している。〔……〕コーサはズールーの集権的な王国のような高度の政治組織はもたなかったが、伝統的にはやはり首長制国家を形成していた。今日でも議会代表には首長制温存を図る保守的首長層があたることが多く、南ア共和国の政策へ迎合する政治的土壌となっていた」（『〔新版〕アフリカ』一七二―七三）。ちなみに一九九四年に南アフリカ初の全人種参加選挙により大統領に就任したネルソン・マンデラは「トランスカイ（現東ケープ州）のウムタタでコーサ人の首長の子として生まれた」（三六八）人物である。また峯陽一によれば、一八世紀末よりイギリス人が到来し、オランダからケープ植民地の支配権を奪う。一八一一年にはフロンティア地域にイギリス軍が派遣され、「コーサ人の村を焼き払い、牛を強奪」する。「南アフリカにおいて多数のアフリカ人農民が暴力的かつ計画的に土地を奪われたのは、このときが初めてである。そしてそのイニシアチブをとったのが、オランダ系の白人農民ではなくイギリス軍であった」。一八二〇年には「イギリス本国の失業対策の一環として、この地域に五〇〇〇人のイギリス移民が到着した。〔……〕内陸のグレアムズタウンやキングウィリアムズタウンは、コーサ人ににらみを利かせる軍事拠点であり、交易市場でもあった」（峯『「虹の国」』七一―七三）。

（21）　リタ・バーナードは、ペトラスという名前がナディン・ゴーディマの「この国の六フィート」の登場人物と同じであることは「偶然ではない」と述べ、「野心的で機知に富み、そして何よりも政治の形勢が逆転したことを知っている。〔……〕この「新しいペトラス」は、ゴーディマの小説に出てくる人物のポスト・アパルトヘイトの片われなのだと容易に理解できる。彼はこの国の六フィート、そしてそれ以上を要求する準備ができている」と指摘している（Barnard, "Pastoral" 205; 引用部内の引用は *Disgrace* 151）。

（22）　アデレードは南アフリカ、東ケープ州にある町の一つ。

（23）　"baas en Klaas" の "Klaas" は、召使いを「代表的な名前」によって表している（Van der Vlies 97）。

（24）　バーナードは『恥辱』の核に、「定義、関係性、責任の危機」があると論じ、「語源が怪しく立ち上がる」例として、デイヴィッドがペトラスを表した「隣人（neighbour）」を取り上げている。バーナードによれば、「語の選択は、潜在的にはよいもの」である。すなわち、「古英語の *"neah"*（「近く」）と *"bur"*（「住む、あるいは耕す」）に由来し、南アフリカの文脈においては何かかなり変革的な暗示」を含み、ペトラスが他者ではなく同じ農夫仲間であり、また平等な相互依存に結ばれた住人であるという認識を形作る語である（Barnard, "Coetzee's Country Ways" 385）。

（25）　創作ノートにはペトラスとの結婚をめぐり、デイヴィッドとルーシーの会話が以下のように記されている。「デイヴィッド：「だけどペトラスが農場を手に入れるためだけにきみと結婚しようとしているのだとわかるだろう」　ルーシー：「ジェーン・オースティンの小説で、男たちはそうしたわ。なぜ南アフリカではだめなのかしら?」」（*Disgrace* NB3 27 Nov. 1997）。

第四章　現在から未来へ

（1）　ピーター・ケネルによる同タイトルの書籍（Peter Quennell. *Byron in Italy*）があり、その数ページ分のコピーがハリー・ランサム・センターのクッツェーの資料に含まれている。ちなみにテレサ・グィッチョーリもイタリア時代のバイロンについて著作を残している。なおバイロンについてはマーティン・ギャレットの『バイロン・パルグレイヴ文学事典』（Garrett）、アン・R・ホーキンス編「バイロン年表」（Hawkins）、T・G・ステファン編『ドン・ジュアン』の "Table of

Date”（Byron 17-25）を参照した。

（2）バイロンとテレサが最初に出会ったのは一八一八年だが、翌一八一九年四月に再会したのち二人の関係が始まる。

（3）バイロン『ドン・ジュアン』でデイヴィッドが課題にしたのは“the first cantos”（34）。ちなみに『ドン・ジュアン』「第一歌（Canto I）」は一八一八年七月に、「第二歌（Canto II）」は同年一二月に着手され、これらは一八一九年七月に出版されている。

（4）バイロン『ドン・ジュアン』第一歌二一三連には「わたしの心も瑞々しさを／誇るわけにはいかなくなった」とあり、二一四連では「ああ、もはやふたたびわたしのうえに／心の瑞々しさが露のごとくに／降りることはありえまい。／この瑞々しさこそ、われらの見る／なべての愛らしい事物から、／蜜蜂の嚢のようにわれらの／胸のうちに貯えられる、／美しくて真新しい／情感を抽きだしてくれるのだ」と歌われている。また二一六連では女性たちの魅力が「かつてのようにわたしの／頭を狂わせることはない、／つまり、わたしはいままでのような暮らしをしてはならぬ」と歌われている（上巻、小川和夫訳）。

（5）『恥辱』のセクション一四の末尾に「バイロンと彼の仲間が古きラヴェンナでどう時間を過ごしたかについて、何をこれ以上知る必要があるだろう。彼はバイロンに忠実なバイロンを、またテレサを今なお作り出せないというのだろうか」（121）とあるため、この辺りから創作が具体化したものと考えられる。

（6）バイロンは一八二四年にギリシャ西部、メソロンギオンで病没する。ちなみに小川和夫訳によれば、バイロンは前年五月に『ドン・ジュアン』の第一七歌を「一四連まで」書き進める。そして「ギリシア遠征の際、原稿を持参したが、作者の死によって中絶」する（バイロン『ドン・ジュアン』下巻　四九六）。

（7）以下のR・G・オースティンによる英訳から訳出した。“Sunt lacrimae rerum, et mentem mortalia tangunt”（Book I, Line 462）についてオースティンは、前行の“sunt hic etiam sua praemia laudi,”（Book I, Line 461）を含めた二行を“even here honour has its due reward; / even here tears fall for men's lot, and mortality touches the heart”（Virgil 156）と英訳し、アエネーアスはここで野蛮であるだろうと予期していた人々が実は人間らしい普通の感情を持つことを発見するのであり、有名な“Sunt lacrimae rerum”の部分からその文脈を切り離すことはできないと指摘した上で、「しかしこれらの行の美しさと圧倒的な哀愁が、神秘的な普遍性をそこにもたらしていると多くの批評家の目に映るのである」と解説している（Virgil 156-57）。なお同部分の岡道男ほかの邦訳は「ここにも誉れは報酬を受けている。／ここにも人の世に注ぐ涙があり、人間の苦しみは人の心を打つ」（ウェルギリウス『アエネーイス』第一巻　四六一―四六二行）。なお『アエネーイス』、「アエネーアス」の表記は同書に従った。

（8）　クッツェーはこのような死と生の構図をしばしば表している。たとえば『エリザベス・コステロ』「レッスン7　エロス」で、コステロは「神々は私たち人間に死を運命づけることで、神々に対する優位性をもたらしてくれた。不死の神々と死すべき人間の二者のうち、より切実に生き、より激しく感じるのは私たちの方だ」（189）と考えている。

（9）　「クワマシュ（Kwamashu）」は「ダーバンの北約一九キロメートルにあるタウンシップ」（Raper）。

（10）　「冷たくはないが〔……〕熱くもない」は、『聖書』の「ヨハネの黙示録」より、以下の部分に基づいていると考えられる。「わたしはあなたのわざを知っている。あなたは冷たくもなく、熱くもない。むしろ、冷たいか熱いかであってほしい。このように、熱くもなく、冷たくもなく、なまぬるいので、あなたを口から吐き出そう」（第三章一五―一六節）。『ハーパー聖書注解』によれば、ここでは「ラオディキア」のキリスト教共同体が「熱くも冷たくもなくなまぬるい」と非難されている。このような効果のないことについての比喩は、この地域の水事情と関係している。ヒエラポリスの「熱い」温泉は医療的に効果がある成分を含んでいることで有名であり、コロサイの「冷たい」水は純粋なことで好評であった。しかし、ラオディキアの水はなまぬるく量は多いが質が悪かった。その教会は自分たちが富んでおり、何も欠けたところがないと思い込んでいたが、実際は「みじめな者、哀れな者、貧しい者、目の見えない者、裸の者」であった」（一三七九）。なおこの引用部内の引用は「ヨハネの黙示録」第三章一五―一七節より。

（11）　アレグラはメアリー・シェリーの義妹、クレア・クレアモントとバイロンの間に産まれた娘。一八一七年一月に生まれ、バイロンの意向により母親から引き離され、『恥辱』でも触れられているように何度かの移動を強いられたのち、修道院にて一八二二年四月に五歳で没している。

（12）　デイヴィッドは襲撃事件直後の夜中、ルーシーを幻視している。その幻視のなかでルーシーはアレグラのように「来て、助けて」と彼に訴える。しかし実際にルーシーの部屋へ行ってみると、彼女はデイヴィッドに対して「子どもか老人」に向かって話すように「もう寝てちょうだい」というのだ（103-04）。

（13）　ホーキンスによれば、死の前日、昏睡状態に陥りつつあるバイロンの言葉は「もう眠りたい」（"I want to sleep now"）であった（Hawkins）。

（14）　ルーシーはブルドッグのケイティの子どもたちについて「彼らは家具の一部、警報装置の一部なのよ」（78）と語っている。

（15）　引用中の「ぼくたち、おおすぎるから」の原文は "*because we are too menny*" であり "many" が "menny" と表記されている。これはトーマス・ハーディの『日陰者ジュード』(Hardy, *Jude*) からの引用 (Van der Vlies 102)。『日陰者ジュード』ではジュードとスーが正式に結婚していないことで、その家族全体が社会から疎外されている。そしてジュードの息子は幼い兄弟たちを伴って自殺する。そのとき残されたメモに "Done because we are too menny" (Hardy 410) と記されている。この部分の邦訳は「ぼくたちはおおすぎるのでやりました」(二六五、川本静子訳)。

(16) ファン・デル・フリースはまた「ハリジャン (harijan)」について、ガンジーが不可触民に権能を与えようとして彼らに適用した言葉であると解説している (Van der Vlies 99)。山際素男は、再生という「カースト制の最も重要な概念や中心的存在は〔……〕その人間の魂の "浄、不浄" 観、なのである。〔……〕ほとんどの肉体労働、動物の死体処理、排泄物の処理、これら全ては "不浄" のタブー視され、特定の社会的世襲的階層、即ち不可触民という四姓外のいわゆるアウトカーストの人びとにのみ課されてきた」(一六) と書いている。ちなみに山際は「ハリジャン」と呼びかけたとき、「ガンジーにならって不可触民をハリジャンと称ぶことで、あたかもカーストヒンズー (不可触民以外の一般のヒンズー教徒) 社会が良心に目覚めたかのような印象を、外の世界にあたえているのが我慢ならない」(六〇) とその呼称を拒絶された経験を述べている。

またヴィシュヌは「シヴァ神と並んでヒンドゥー教の最高神」で、化身の思想がこの神への信仰を広めた。「正義・道徳(ダルマ) がおとろえ、不正義・不道徳 (アダルマ) が起こるたびに、ヴィシュヌがこの世に［さまざまな姿で］あらわれてダルマを興す」という (菅沼 七九―八〇)。

(17) これに関連して『エリザベス・コステロ』「レッスン5 アフリカの人文学」ではエリザベス・コステロが次のように考える。「今日の大学の核心、核となる学問分野は何かと聞かれたら、金儲けと答えるだろう。ヴィクトリア州のメルボルンではそう見えるし、南アフリカのヨハネスブルクが同じでも驚きはしない」(Coetzee, *Elizabeth* 125)。

(18) アトリッジは『恥辱』の原題 *Disgrace* に含まれる "grace" すなわち「恩寵」について、それは不相応な祝福であり、求めに応じて得られるものではないが、そのことが良い行いの抑止になるわけではなく拍車になるのだと述べ、もしデイヴィッドが恩寵と呼び得る何かを成し遂げたのであれば、彼はそれを見出し、またそれに見出されたのだと述べている (Attridge, *J. M. Coetzee* 180)。

(19) 完成版『夷狄を待ちながら』にもわずかにではあるが、行政長官が二人の脱走兵の葬儀を執り行う場面に、創作ノートに記された内容の痕跡が残されているだろう。この場面で行政長官は遺骨の正しい扱いにこだわることで若者たちに、死は消滅ではなく人々の記憶のなかに生き続けることなのだと示そうとするが、その一方で「自分をなぐさめてもいるのではないか」と自問する（53）。

（20）　この頃の「彼」はクリトブロスの翻訳を行っているギリシャ人という設定。クリトブロスは一五世紀のイムロズ島出身のギリシャ人。ビザンツ帝国滅亡後、メフメト二世に仕え、故郷イムロズの総督となる。彼が残した『メフメト二世伝』には、コンスタンティノープル攻略の様子が詳細に描かれている（なおクリトブロスについてはアンドレ・クロー著『メフメト二世』、三橋冨男著『トルコの歴史』を参照した。また「クリトブロス」の表記は複数あるが、クロー著に従った）。

（21）　引用部と同日の九月三日のメモには、ギゼラ（クッツェーの娘の名前）が殺した少女の死体を処分しかねる悪夢を見たことがつづられ、そこには「死体が見られる恐怖＝欲望の暴露」という「別の意味がある」と記されている。さらにその先には「罪の意識のメタファーは処分され得ない体」と記されている（*WFB* NB1, 3 Sep. 1977）。

（22）　引用部内のデリダの出典は以下の pp. 400-02。Jacques Derrida. "The Animal That Therefore I Am (More to Follow)." *Critical Inquiry* 28, 2002, pp. 369-418.

（23）　「不死の願い（immortal longings）」は、シェイクスピアの戯曲『アントニーとクレオパトラ』のなかのクレオパトラのセリフにも見出されるフレーズ。クレオパトラは自害の場面で "Give me my robe. Put on my crown. I have / Immortal longings in me"（Shakespeare, Ant. 5. 2. 274-75）という。この部分の邦訳は「ローブを着せかけて。王冠をかぶせて。／私には永遠不滅へのあこがれがある」（二六七、松岡和子訳）。

（24）　「変わらなくてはいけない」の原文は "*Du musst dein Leben ändern!*: you must change your life"（209）。これはリルケの詩「アルカイック期のアポロのトルソ」（リルケ　九五―九六、神品芳夫訳）からの引用（Van der Vlies 99）。ただしデイヴィッドは変われない。創作ノートには「人生のこの段階で自分を裏切ることなく変わることは非常に大きな仕事であり、彼の背後にいる神と同じくらい偉大な力なくしては、それを始めることすらできない。／それゆえ彼はテレサに耳を傾ける。彼がテレサに耳を傾けるのは、彼女が彼に道を示してくれることを望んでいるからだ（彼は信じているとはいえない）」（*Disgrace* NB4, 15 July 1998）と記されている。

（25）　デイヴィッドはバンジョーを用いて作曲を開始すると、舞台上のテレサにはマンドリンを持たせる。ただしこの場面ではテレサがバンジョーを弾いている。ちなみにマンドリンは「リュート型弦楽器」で「今日一般にいうマンドリンは、一七世紀中ごろに初出のナポリ型マンドリンの系統に属し、一九世紀中ごろに近代化されたもの」（『音楽』第五巻　二四三三）。バンジョーも「リュート型弦鳴楽器」で「祖型はアフリカの民族楽器であり、アメリカの黒人社会で発達し、白人の民衆にも浸透したと考えられている」（『音楽』第四巻　一九六六―六七）。

(26)　近藤恒一によれば、ペトラルカ（一三〇四―一三七四）は一三二七年四月六日にアヴィニョンの教会で人妻のラウラと出会い、恋に落ち、報われることのない彼女への愛に終生縛られる。ただし彼女が実際に誰なのかは不明であり、実在するのかさえも定かではない。ペトラルカはラウラが一三四七年四月六日にアヴィニョンで――すなわち出会いと同じ町、同じ日にちに――亡くなったことを記している。ラウラの没後もペトラルカの彼女への愛は変わらず、彼は彼女の詩を書き続ける。『カンツォニエーレ』は大きく二部に分かれ、第一部は生前の、第二部は死後のラウラに寄せる詩から成る。こうして「不滅の古典」となる『カンツォニエーレ』とともにラウラは「不滅の恋人」となる（近藤『ペトラルカ――生涯と文学』三三―三四、九五―九八）。なお『カンツォニエーレ』の正式タイトルは『俗事断片詩集』（*Rerum vulgarium fragmenta*）であり、『断片詩集』（*Rime sparse*）とも呼ばれる（近藤『ペトラルカ研究』研究文献　二六）。またアルクァ（アルクァ・ペトラルカ）は、ペトラルカ終焉の地。ペトラルカは一三七〇年から七四年までここに住んだ。彼の住居と墓があり、住居は記念館となっている。バイロンとテレサは一八一九年九月にこの地に立ち寄り、ペトラルカの住居を訪ねている（Guiccioli 172-79）。なおバイロンは『チャイルド・ハロルドの巡礼』（*Childe Harold's Pilgrimage*）第四歌で、アルクァのペトラルカの墓を詩に歌っている。

(27)　「片方の期限が切れるまで結ばれていよう」の原文は"*Let both be tied till one shall have expired*"（185）。バイロンの『ドン・ジュアン』には"That both are tied till one shall have expired"（Byron canto 3, stanza 7）とある。この部分の邦訳は「片一方の期限が切れるまで／夫婦の絆切れぬことは、」（第三歌七連、小川和夫訳）。

(28)　このほかデイヴィッドが黒人たちに頭に火をつけられ、火傷を負った直後、「頭皮全体が柔らかい。すべてが柔らかく、すべてが焼かれている。焼かれた（Burned）、焼けた（burnt）」（96-97）とある。ここではデイヴィッドが現実的な〝破壊〟の火に焼かれている。

(29)　アガペーは「agapan（愛するの意）という古典ギリシャ語の動詞に由来するが、名詞としては新約聖書に初めて現れる。特にパウロは「人に対する神の愛」「神に対する人の愛」「人間どうしの愛」にアガペーの語を用いている」（『新カトリック』第一巻　六四）。一方「カリタスはもともと古代ラテン語の形容詞carusに由来するもので、名詞としては貴さ、価値、敬愛、親愛などを意味するものであったが、この言葉は新約聖書のラテン語訳の際に、新しい意味内容をもつようになった。教父たちはギリシャ語のアガペー（agape）の訳語としてカリタスというラテン語を用い、キリスト教的な愛を表すようになった。今日でも西欧諸国の言語では、caritasに由来する言葉（〔英〕charity,〔仏〕charité等）がこの意味で使われている」（『新カトリック』第二巻　一一二）。

（30）　ビアードは『恥辱』が二四のセクションで構成されていることを指摘し、「二四という数は、古典の作家たちにとって常に意味を持っていた。彼らの作品はしばしば一二の倍数で表現され、これは昼／夜の時間を示唆した」（Beard 75n16）と解説を付している。ちなみに『恥辱』の最終セクション二四で安楽死させられるドリーポートは、その日に安楽死させられる最後の動物であり、また二四匹目の動物にあたる。こうしたことからこの数字には何かしらの意味が込められていると考えられる。創作ノートを見ると、ドリーポートの名前には当初「バイロン（もしくはジョージ・ゴードン〔バイロンの名前〕）」（*Disgrace* NB3, 24 Jan. 1998）と、詩人バイロンの名前を当てることが検討されていた。デイヴィッドのオペラ創作を通じたバイロンとの関わりを考慮すれば、セクション二四の二四番目の安楽死はデイヴィッドが自分の世界を終わらせることの暗示とも捉え得る。ちなみに創作ノートには「この本は彼の自殺で終わる?-」（*Disgrace* NB1, 12 Sep. 1996）というメモがあり、デイヴィッドの自殺で物語を終えることが検討されている。

第五章　未来へ

（1）　ルーシーの名前が「光」に由来する点については、第二章注（22）を参照。ちなみにビアードは、ルーシーの友人であるヘレン（Helen）についても「*helios* すなわち太陽からきており、光を含意するもう一つの名前」と指摘している（Beard 65）。

（2）　創作ノートには「レイプについてのルーシーのスタンス：現実的には有罪判決の可能性はほとんどない。したがって告訴する意味がない」（*Disgrace* NB3, 1 Dec. 1997）と記されている。

（3）　この部分の「人に〔災厄を〕免れさせるドアの印を得る方法」は、完成版のセクション一三の末尾、ルーシーがレイプについて警察に届け出ないことに批判的なデイヴィッドが、そのような行動をすることで「疫病が通り過ぎるようなドアの印が得られるとでも思っているのか」（112）と彼女に問う場面に取り込まれている。

（4）　デイヴィッドは次のようにルーシーの姿に歴史の反復を見出している。「開拓農民の新世代。昔は牛ととうもろこし。今は犬と水仙。ものごとは変われば変わるほど同じままだ。歴史は繰り返している。よりつつましい形ではあれ」（62）。

（5）　同エッセイのなかでクッツェーは『恥辱』の舞台の一つであるグレアムズタウン（ベヴのクリニックがあり、したがって物語の最終場面の地）に触れている。エッセイによればグレアムズタウンは南アフリカにおける英国文化揺籃の地だ。一九世紀、グレアムズタウンに住む英国系住民は、コーサ人に対し人種的嫌悪を抱いていた。クッツェーはそうした英国系住民のあり方を、オランダ系のボーア人との比較のなかで捉えたモスタートの主張を紹介している。それによればボーア人は好戦的ではあれ、フロンティアの一民族としてコーサ人の隣人になっていくのに対し、英国人は英国社会をそこに打ち立てようとした。このことは東ケープに今なお残る白人と黒人の間の敵意を生じさせていくことになる（*Stranger* 276-77）。英国の価値観を固持する英国人とコーサ人の隣人となっていくボーア人という対照的な構図がここに描出されているが、『恥辱』においてデイヴィッドとルーシーにこの構図の反映を見出すことも可能かもしれない。デイヴィッドは「西洋人」（202）の意識を持つ人物であり、イギリスロマン派詩人との関わりが強く打ち出されている。一方ルーシーは母親がオランダ人であり、彼女自身もオランダに在住していた時期があるなど、オランダとのつながりが示唆されている。さらにルーシーはオランダ風ベランダ"stoep"（59）のある家に住み、デイヴィッドは彼女を"*a boervrou*"（60）と評している。"boervrou"はアフリカーンス語で「農婦」を指す（Van der Vlies 97）。ちなみに現在のアフリカーナー（第一章注（1）参照）であるオランダ系白人住民はボーア人（Boer）とも呼ばれるが、それは"boer"が「オランダ語で〈農民〉を意味し、十七世紀にオランダ東インド会社がケープに入植したのち、オランダからの移民を奨励し、その移民の多くが農民であったことに由来する」（『［新版］アフリカ』三五五）。

（6）　引用部内の引用は、モスタート（Mostert）の p. 1077。

（7）　『恥辱』完成版においてルーシーは動物に対し同情的だが、具体的にどのような動物観を抱いているのかは不明である。ただし初期の創作ノートに記されているルーシー自身の発言によれば、彼女は動物が一般に想定されているよりも人間に近いと主張する立場ではなく、動物は人間とはまったく異なり、交流も不可能だという立場にある。人間に近いと主張すれば、犬や象がうさぎやかえるよりも有利な位置を占めることになるし、また動物たちを代弁すれば、権利や正義に対する彼らの無関心を偽ることになるからだ（*Disgrace* NB1, 26 July 1996）。完成版のルーシーが創作ノートのルーシーと同様の立場であるかは不明だが、このメモからは動物を人間の価値観のなかに据えるのではなく、まったくの他者として同列であろうとするルーシーの姿を想像し得る。

（8）　ここにカフカの『審判』末尾への共鳴がたびたび指摘されている。『審判』ではヨーゼフ・Kが処刑人にナイフで心臓を刺されたのち、次のように語られる。「「犬のようだ！」／と、Kは言った。恥辱だけが生きのびるような気がした」（カフカ『審判』二九九、池内紀訳）。なお池内によれば、第一章注（11）で触れた「流刑地にて」は、『審判』の創作途上で仕上げられた短編である（三三九）。

（9）　この草稿の引用は手書きの挿入句を省略している。またすでに打ち消し線が引かれている部分も線を取り除いて示している。

（10）　「動物のいのち」では、コステロが「理性は宇宙の本質でも神の本質でも」なく、「人間の思考におけるある領域の本質」に過ぎないと批判する（*Lives* 23; *Elizabeth* 67）。また理性が関わる「理解する」という行為については、「本当に我々は動物たちより宇宙を理解しているのでしょうか」と問いかけ、何かを理解するとはルービック・キューブで遊んでいるようなもので、小さなキューブがすべて正しい位置にはまれば理解したということになる。ルービック・キューブのなかで生きているのであればそれでよいが、そうでなければどうだろうと疑問を呈する（*Lives* 45; *Elizabeth* 90）。理性や「理解する」といった行為を信用していない点において、草稿のルーシーはこうしたコステロの考え方を共有する人物であるのかもしれない。

（11）　「彼女はあなたよりも地面の近くにいますよ」の原文は、"She lives closer to the ground than you" である。これは『老子』第八章の「居善地」（『老子』四〇）に由来するものと思われる。S・ミッチェルによるこの部分の英訳は "In dwelling, live close to the ground" (Lao-tzu 23)。『老子』第八章は、ルーシーの生き方によく通じる内容だ。以下にその訳文を示す。「最上の善なるあり方は水のようなものだ。水は、あらゆる物に恵みを与えながら、争うことがなく、誰もがみな厭《いや》だと思う低いところに落ち着く。だから道に近いのだ。／身の置きどころは低いところがよく、心の持ち方は静かで深いのがよく、〔……〕行動は時宜にかなっているのがよい。／そもそも争わないから、だから尤《とが》められることもない」（三九、蜂屋邦夫訳）。「身の置きどころは低いところがよく」が「居善地」にあたる。蜂屋邦夫の注によれば、この「〔地〕は〔……〕低い所の意味。すなわち、水のように低い位置にいることをよしとする思想」（四〇）である。

（12）　アトリッジは、クッツェーが「管理社会の用語から逃れようとするとき、しばしば宗教的な言説に目を向ける」と述べ、彼の作品には「正統的な宗教の信仰は持っていないようだが、そのような言葉に頼らなければ自分の生活を語れないことに気づく」複数の登場人物がいると指摘している。そしてデイヴィッドについては、アイザックスに神を信仰していないと明言しながら、教父による魂の解釈など、魂の話をたびたび持ち出す点を挙げている（Attridge, *J. M. Coetzee* 180）。クッツェー自身はアトウェルのインタビューに応えて「私はクリスチャンではない、あるいはまだそうではない」（*Doubling* 250）と語っている。新約聖書が内部テクストとして取り入れられていると考えられる要素は『夷狄を待ちながら』にも見出される（第一章参照）。ちなみに『動物のいのち』ではコステロが「オーストラリアにおいても、私たちはギリシャとユダヤ—キリスト教思想に深く根ざした文明に属しています」（*Lives* 20-21; *Elizabeth* 65）と語っている。

（13）　聖母マリアの位置にあるルーシーは、デイヴィッドによればレズビアンの可能性があり、処女のイメージを誘引する。一方ルーシーはデイヴィッドに対し「でも私は中絶なんてしない。二度とするつもりはないわ」（198）と、過去に中絶した経験を仄めかしている。

（14）『スロー・マン』もまた『恥辱』を継続する物語と捉え得る。六〇代のポールは事故で片足を失う。すなわち身体の一部が消失するという意味において死が肉体の一部に訪れるのだが、彼はやはり変われない。つまりデイヴィッドに投影されている「死」がポールにおいて年齢的にも身体的にも進行するが、デイヴィッドと同様、ポールもその思考システムといったものを変えることができないのである。

（15）ダビードはデイヴィッドのスペイン語読み。イエス・シリーズは英語で書かれた作品だが、物語内部ではスペイン語が使用されているという設定。そこで日本語訳においてはデイヴィッドと同じ綴りの David をダビードと表記せざるを得ない。なお、イエス・シリーズの第二作『イエスの学校時代』(*The School days of Jesus*, 2016) では David と表記されている。

（16）「鯨の外側」(“Outside the Whale”) というタイトルはジョージ・オーウェルの「鯨の腹のなかで」(“Inside the Whale”) にちなむ。ラシュディはこのエッセイで「鯨の腹のなかで」を批判的に取り上げている。

（17）サミュエル・ベケットの『名づけえぬもの』(*The Unnamable*) からの引用。

引用文献

Attridge, Derek. *J. M. Coetzee and the Ethics of Reading: Literature in the Event*. U of Chicago P, 2004.
——. *The Singularity of Literature*. Routledge, 2010.
Attwell, David. *J. M. Coetzee: South Africa and the Politics of Writing*. U of California P, 1993.
——. *J. M. Coetzee and the Life of Writing: Face-to-Face with Time*. Viking, 2015.
——. "Race in *Disgrace*." *Interventions: International Journal of Postcolonial Studies*, vol. 4, no. 3, 2002, pp. 331-41. Taylor and Francis Online, https://doi.org/10.1080/1369801022000013761.
Auster, Paul, and J. M. Coetzee. *Here and Now: Letters 2008-2011*. Viking, 2013.（ポール・オースター、Ｊ・Ｍ・クッツェー『ヒア・アンド・ナウ――往復書簡 2008-2011』くぼたのぞみ、山崎暁子訳、岩波書店、二〇一四年）
Baderoon, Gabeba. *Regarding Muslims: From Slavery to Post-Apartheid*. Wits UP, 2014.
Barnard, Rita. "Coetzee's Country Ways." *Interventions: International Journal of Postcolonial Studies*, vol. 4, no. 3, 2002, pp. 384-94. *Taylor and Francis Online*, https://doi.org/10.1080/1369801022000013860.

——. "J. M. Coetzee's *Disgrace* and the South African Pastoral." *Contemporary Literature*, vol. 44, no. 2, summer 2003, pp. 199-224. *JSTOR*, https://www.jstor.org/stable/1209095.

Beard, Margot. "Lessons from the Dead Masters: Wordsworth and Byron in J. M. Coetzee's *Disgrace*." *English in Africa*, vol. 34, no. 1, 2007, pp. 59-77. *African Journals Online*, http://doi.org/10.4314/eia.v34i1.41374.

Begam, Richard, and J. M. Coetzee. "An Interview with J. M. Coetzee." *Contemporary Literature*, vol. 33, no. 3, autumn 1992, pp. 419-31. *JSTOR*, https://doi.org/10.2307/1208476

Bhabha, Homi K. *The Location of Culture*. Routledge, 2001.（ホミ・K・バーバ『文化の場所——ポストコロニアリズムの位相』本橋哲也ほか訳、法政大学出版局、二〇一二年）

Boehmer, Elleke. "Not Saying Sorry, Not Speaking Pain: Gender Implications in *Disgrace*." *Interventions: International Journal of Postcolonial Studies*, vol. 4, no. 3, 2002, pp. 342-51. *Taylor and Francis Online*, https://doi.org/10.1080/1369801022000013770.

Byron, Lord. *Don Juan*. Edited by T. G. Steffan et al., Penguin Books, 1984.（バイロン『ドン・ジュアン』小川和夫訳、冨山房、一九九三年、上下巻）

Cavafy, C. P. "Waiting for the Barbarians." *Collected Poems*, translated by Edmund Keeley and Philip Sherrard, Princeton UP, 1975, pp. 30-33.（カヴァフィス「野蛮人を待つ」『カヴァフィス全詩集』第二版、中井久夫訳、みすず書房、一九九一年、二七—三〇頁）

Coetzee, J. M. *Age of Iron*. Secker and Warburg, 1990.（J・M・クッツェー『鉄の時代』くぼたのぞみ訳、河出書房新社、二〇〇八年、池澤夏樹＝個人編集 世界文学全集I—11）

——. *Boyhood: Scenes from Provincial Life*. Vintage, 1998.（J・M・クッツェー『少年時代』くぼたのぞみ訳、みすず書房、一九九九年）

——. Business Correspondence. J. M. Coetzee Papers, container 69-70, Harry Ransom Center, The University of Texas at Austin. MS.

——. *The Childhood of Jesus*. Harvill Secker, 2013.（J・M・クッツェー『イエスの幼子時代』鴻巣友季子訳、早川書房、二〇一六年）

——. *The Death of Jesus*. Hervill Secker, 2020.

——. *Diary of a Bad Year*. Vintage, 2008.

——. *Disgrace*. Penguin Books, 2005.（J・M・クッツェー『恥辱』鴻巣友季子訳、早川書房、二〇〇三年。同、ハヤカワ epi

文庫、二〇〇七年）

——. *Disgrace* NB1. Casebound notebook（includes other subjects）, 1996[sic]-1997, J. M. Coetzee Papers, container 35. 2, Harry Ransom Center, The University of Texas at Austin. MS.（実際のノートは 1994-1997）

——. *Disgrace* NB2. Small black-and-red notebook（includes other subjects）, 29 March-9 August 1997, J. M. Coetzee Papers, container 35. 3, Harry Ransom Center, The University of Texas at Austin. MS.

——. *Disgrace* NB3. Small black-and-red notebook, 10 August 1997-13 May 1998, J. M. Coetzee Papers, container 35. 3, Harry Ransom Center, The University of Texas at Austin. MS.

——. *Disgrace* NB4. Small black-and-red notebook, 14 May-3 August 1998, J. M. Coetzee Papers, container 35. 3, Harry Ransom Center, The University of Texas at Austin. MS.

——. *Disgrace* PD. Drafts, Printouts, J. M. Coetzee Papers, container 35-37, Harry Ransom Center, The University of Texas at Austin. MS.

——. *Doubling the Point: Essays and Interviews*. Edited by David Attwell, Harvard UP, 1992.

——. *Dusklands*. Vintage, 2004.（J・M・クッツェー『ダスクランド』赤岩隆訳、スリーエーネットワーク、一九九四年）

——. *Elizabeth Costello*. Viking, 2003.（J・M・クッツェー『エリザベス・コステロ』鴻巣友季子訳、早川書房、二〇〇五年）

——. *Foe*. Penguin Books, 1987.（J・M・クッツェー『敵あるいはフォー』本橋哲也訳、白水社、一九九二年）

——. *Giving Offense: Essays on Censorship*. U of Chicago P, 1996.

——. *Life & Times of Michael K*. Penguin Books, 1985.（J・M・クッツェー『マイケル・K』くぼたのぞみ訳、岩波文庫、二〇一五年）

——. *The Lives of Animals*. Edited by Amy Gutmann, Princeton UP, 1999.（J・M・クッツェー『動物のいのち』森祐希子、尾関周二訳、大月書店、二〇〇三年）

——. *Scenes from Provincial Life*. Harvill Secker, 2011.（J・M・クッツェー『サマータイム、青年時代、少年時代——辺境からの三つの〈自伝〉』くぼたのぞみ訳、インスクリプト、二〇一四年）

——. *The Schooldays of Jesus*. E-book ed., Harvill Secker, 2016.

——. *Slow Man*. Viking, 2005.（J・M・クッツェー『遅い男』鴻巣友季子訳、早川書房、二〇一一年）

——. *Stranger Shores: Literary Essays, 1986-1999*. Penguin Books, 2002.

——. *Waiting for the Barbarians*. Penguin Books, 1999.（J・M・クッツェー『夷狄を待ちながら』土岐恒二訳、集英社文庫、二

〇〇三年)

——. *WFB* NB1. Small spiral notebook, 11 July 1977-28 August 1978, J. M. Coetzee Papers, container 33. 3, Harry Ransom Center, The University of Texas at Austin. MS.

——. *WFB* NB2. Small spiral notebook, 30 August 1978-29 June 1979, J. M. Coetzee Papers, container 33. 3, Harry Ransom Center, The University of Texas at Austin. MS.

——. *White Writing: On the Culture of Letters in South Africa*. Yale UP, 1988.

Douthwaite, John. "Melanie: Voice and Its Suppression in J M Coetzee's *Disgrace*." *Current Writing: Text and Reception in Southern Africa*, vol. 13, no. 1, 2001, pp. 130-62. *Taylor and Francis Online*, https://doi.org/10.1080/1013929X.2001.9678097.

Farred, Grant. "Back to the Borderlines: Thinking Race *Disgrace*fully." *Scrutiny2: Issues in English Studies in Southern Africa,* vol. 7, no. 1, 2002, pp. 16-19. *Taylor and Francis Online*, https://doi.org/10.1080/18125441.2002.9709640.

Frye, Northrop. *Anatomy of Criticism: Four Essays*. Penguin Books, 1990.（ノースロップ・フライ『批評の解剖』海老根宏ほか訳、法政大学出版局、二〇一三年）

Gallagher, Susan VanZanten. *A Story of South Africa: J. M. Coetzee's Fiction in Context*. Harvard UP, 1991.

Garrett, Martin. *The Palgrave Literary Dictionary of Byron*. Palgrave Macmillan, 2010. Palgrave Literary Dictionaries.

Gill, Stephen. *William Wordsworth: The Prelude*. Cambridge UP, 1991.

Gordimer, Nadine. "The Idea of Gardening: *Life and Times of Michael K* by J. M. Coetzee [Review]." *Critical Essays on J. M. Coetzee*, edited by Sue Kossew, G. K. Hall and Co., 1998.

Guiccioli, Teresa. *Lord Byron's Life in Italy*. Translated by Michael Rees, edited by Peter Cochran, U of Delaware P, 2005.

Hardy, Thomas. *Jude the Obscure*. Penguin Books, 1984.（トマス・ハーディ『日陰者ジュード（下）』川本静子訳、中公文庫、二〇〇七年）

Hawkins, Ann R., editor. "The Byron Chronology." *Romantic Circles*, http://www.rc.umd.edu/reference/chronologies/byronchronology/index.html.

Head, Dominic. *The Cambridge Introduction to J. M. Coetzee*. Cambridge UP, 2009.

——. "A Belief in Frogs: J. M. Coetzee's Enduring Faith in Fiction." *J. M. Coetzee and the Idea of the Public Intellectual*, edited by Jane Poyner, Ohio UP, 2006, pp. 100-17.

Howe, Irving. "A Stark Political Fable of South Africa: *Waiting for the Barbarians* by J. M. Coetzee." *The New York Times*, 18 Apr. 1982, https://www.nytimes.com/1982/04/18/books/a-stark-political-fable-of-south-africa.html?search-input-2=+Rev.+of+Waiting+for+the+Barbarians%2C+by+J.+M.+Coetzee.+.

Lejeune, Philippe. "Autobiography in the Third Person." *New Literary History*, vol. 9, no. 1, The Johns Hopkins UP, autumn 1977, pp. 27-50. *JSTOR*, https://doi.org/10.2307/468435.

Lerner, Gerda. *The Creation of Patriarchy*. Oxford UP, 1986.（ゲルダ・ラーナー『男性支配の起源と歴史』奥田暁子訳、三一書房、一九九六年）

Levin, Bernard. "On the Edge of the Empire." *The Sunday Times*, [23 Nov. 1980?] / *The Argus*, Cape Town, [26 March 1981?]. Business Correspondence. J. M. Coetzee Papers, container 69. 3-4, Harry Ransom Center, The University of Texas at Austin.

Marais, Michael. "Very Morbid Phenomena: 'Liberal Funk', the 'Lucy-Syndrome' and JM Coetzee's *Disgrace*." *Scrutiny2: Issues in English Studies in Southern Africa*, vol. 6, no. 1, 2001, pp. 32-38. *Taylor and Francis Online*, https://doi.org/10.1080/18125440108565980.

McDonald, Peter D. "*Disgrace* Effects." *Interventions: International Journal of Postcolonial Studies*, vol. 4, no. 3, 2002, pp. 321-30. *Taylor and Francis Online*, https://doi.org/10.1080/13698010220000013851.

Moses, Michael Valdez. "The Mark of Empire: Writing, History, and Torture in Coetzee's *Waiting for the Barbarians*." *The Kenyon Review*, vol. 15, no. 1, winter 1993, pp. 115-27. *JSTOR*, https://www.jstor.org/stable/4336813.

Mostert, Noël. *Frontiers: The Epic of South Africa's Creation and the Tragedy of the Xhosa People*. Jonathan Cape, 1992.

Penner, Dick. "Sight, Blindness and Double-thought in J. M. Coetzee's *Waiting for the Barbarians*." *World Literature Written in English*, vol. 26, no. 1, 1986, pp. 34-45. *Taylor and Francis Online*, https://doi.org/10.1080/17449858608588957.

Poyner, Jane, and J. M. Coetzee. "J. M. Coetzee in Conversation with Jane Poyner." *J. M. Coetzee and the Idea of the Public Intellectual*, edited by Jane Poyner, Ohio UP, 2006, pp. 21-24.

Quennell, Peter. *Byron in Italy*. Collins, 1951.

Raper, P E. *Dictionary of Southern African Place Names*. *The Internet Archive*, https://archive.org/details/DictionaryOfSouthernAfricanPlaceNames.

Said, Edward W. *Culture and Imperiarism*. Vintage Books, 1994.（エドワード・W・サイード『文化と帝国主義　1』大橋洋一訳、みすず書房、一九九八年）

——. *Orientalism*. Penguin, 2003.（エドワード・W・サイード『オリエンタリズム』板垣雄三、杉田英明監修、今沢紀子訳、平凡社、一九九三年）

Scott, Joanna, and J. M. Coetzee. "Voice and Trajectory: An Interview with J. M. Coetzee." *Salmagundi*, no. 114/115, spring-summer 1997, pp. 82-102. *JSTOR*, https://www.jstor.org/stable/40548963.

Shakespeare, William. *Antony and Cleopatra*. Edited by David Bevington, updated ed., Cambridge UP, 2005.（シェイクスピア『アントニーとクレオパトラ』松岡和子訳、ちくま文庫、二〇一一年、シェイクスピア全集21）

Spivak, Gayatri Chakravorty. "Theory in the Margin: Coetzee's *Foe* Reading Defoe's *Crusoe/Roxana*." *English in Africa*, vol. 17, no. 2, Oct. 1990, pp. 1-23. *JSTOR*, https://www.jstor.org/stable/40238659.

Tajiri, Yoshiki. "Beyond the Literary Theme Park: J. M. Coetzee's Late Style in *The Childhood of Jesus*." *Journal of Modern Literature*, vol. 39, no. 2, winter 2016, pp. 72-88. *JSTOR*, https://doi.org/10.2979/jmodelite.39.2.05.

Van der Vlies, Andrew. *J. M. Coetzee's Disgrace*. Continuum, 2010.

Virgil. *Aeneidos Liber Primus*. With a commentary by R. G. Austin. Oxford at the Clarendon Press, 1971.（ウェルギリウス『アエネーイス』岡道男、高橋宏幸訳、京都大学学術出版会、二〇〇一年、西洋古典叢書）

Weil, Simone. *Gravity and Grace*. Translated by Emma Crawford and Mario von der Ruhr, Routledge, 2002.（シモーヌ・ヴェイユ『重力と恩寵』田辺保訳、筑摩書房、二〇一二年）

Wordsworth, William. *The Prelude: The Four Texts*（*1798, 1799, 1805, 1850*）. Edited by Jonathan Wordsworth. Penguin Books, 1995.（ワーズワス『ワーズワス・序曲——詩人の魂の成長』岡三郎訳、国文社、一九九一年。ワーズワス『対訳　ワーズワス詩集——イギリス詩人選（3）』山内久明編、岩波文庫、一九九八年）

Wordsworth, William, and Samuel Taylor Coleridge. *Lyrical Ballads: 1789 and 1802*. Oxford UP, 2013.（ワーズワス、コールリッジ『抒情歌謡集』宮下忠二訳、大修館書店、一九八四年）

阿部利洋『真実委員会という選択——紛争後社会の再生のために』岩波書店、二〇〇八年。

『音楽大事典』平凡社、一九八一—八三年、全六巻。

カフカ、フランツ『審判』池内紀編訳、白水社、二〇〇九年、白水Uブックス「カフカ・コレクション」。

———「流刑地にて」『カフカ短篇集』池内紀編訳、岩波文庫、二〇一一年、五〇—一〇二頁。

クロー、アンドレ『メフメト二世——トルコの征服王』岩永博ほか訳、法政大学出版局、一九九八年。

ゲーテ『ファウスト（二）』高橋義孝訳、新潮文庫、二〇一〇年。

近藤恒一『ペトラルカ——生涯と文学』岩波書店、二〇〇二年。

——『ペトラルカ研究』創文社、一九八四年。

佐藤元状「欲望という名の物語——『恥辱』の誘惑」、田尻編『J・M・クッツェーの世界』、二一三—四〇頁。

『新カトリック大事典』上智学院新カトリック大事典編纂委員会編、研究社、一九九六—二〇〇九年、全五巻。

『〔新版〕アフリカを知る事典』小田英郎ほか監修、平凡社、二〇一〇年。

菅沼晃編『インド神話伝説辞典』東京堂出版、一九八五年。

『聖書』（口語）、日本聖書協会、一九八五年。

田尻芳樹『J・M・クッツェー——世界と「私」の偶然性へ』三修社、二〇二三年、〈英語〉文学の現在へ。

——『ベケットとその仲間たち——クッツェーから埴谷雄高まで』論創社、二〇〇九年。

田尻芳樹編『J・M・クッツェーの世界——〈フィクション〉と〈共同体〉』英宝社、二〇〇六年。

トンプソン、レナード『南アフリカの歴史』宮本正興ほか訳、明石書店、二〇〇九年。

中井亜佐子『他者の自伝——ポストコロニアル文学を読む』研究社、二〇〇七年。

根本美作子「イメージの呪縛」『文学』九・一〇月号、岩波書店、二〇〇五年、七八—八六頁。

『ハーパー聖書注解』J・L・メイズ編、聖書文学学会執筆、荒井章三ほか日本語版編集、教文館、一九九六年。

ビコ、スティーヴ『俺は書きたいことを書く——黒人意識運動の思想』峯陽一ほか訳、現代企画室、一九九〇年。

フロイト、ジグムント「子供が叩かれる」『自我論集』竹田青嗣編、中山元訳、ちくま学芸文庫、二〇〇九年、七一—一一二頁。

——「自伝的に記述されたパラノイアの一症例に関する精神分析的考察〔シュレーバー〕」『フロイト全集11』渡辺哲夫訳、岩波書店、二〇〇九年、九九—一八七頁。

三橋冨治男『トルコの歴史』近藤出版社、一九九〇年。

峯陽一『南アフリカ——「虹の国」への歩み』岩波新書、一九九六年。

峯陽一編著『南アフリカを知るための60章』明石書店、二〇一〇年、エリア・スタディーズ79。

山際素男『不可触民』三一書房、一九八一年。

ランク、オットー『文学作品と伝説における近親相姦モチーフ——文学的創作活動の心理学の基本的特徴』前野光弘訳、中央

大学出版部、二〇〇六年、中央大学学術図書63。

リルケ『リルケ詩集』神品芳夫編訳、土曜美術社出版販売、二〇〇九年、新・世界現代詩文庫10。

『老子』蜂屋邦夫訳注、ワイド版岩波文庫、二〇一二年。(Lao-Tzu. *Tao Te Ching*. Translated, with foreword and notes, by Stephen Mitchell, Kindle ed., HarperCollins e-books, 2004)

あとがき

本書は早稲田大学に提出した博士論文に基づき、加筆修正したものである。

私がクッツェーに出会ったのは、指導教授の故藤本陽子先生を通じてであった。藤本先生がお元気であったころ先生を囲むゼミは五時間にも及び、さらに大学近隣で夕食をとりながら話を続けることもしばしばだった。論文は何度書いても書き直しを命じられ、文字通り目の前が真っ暗になることもあったが、今思えばなんと恵まれた楽しい時間だっただろう。それはまた先生の学問に対する真摯な情熱に触れた日々でもあった。本書のために博論を見直している間、先生ならばどうお考えになるだろうと何度思ったことか。本書を恩師、故藤本陽子先生に捧げたいと思う。先生にとってご迷惑にならなければではあるが……。

＊＊＊

また本書の出版にあたり、藤本先生亡きあとご指導くださった都甲幸治先生、審査をお引き受けくださった小田島恒志先生、そして同じく審査をお引き受けくださり、出版の道を開いてくださった東京大学の田尻芳樹先生に心からの感謝を申し上げます。

さらに最終原稿の確認を引き受けてくださった博士課程における先輩、馬場広信氏、また長らくお付き合いいただいた水声社編集部、特にご担当いただいた板垣賢太氏にも厚く御礼申し上げます。

著者について——

川村由美（かわむらゆみ）　早稲田大学大学院人間科学研究科ほか非常勤講師。桐朋学園大学音楽学部演奏学科を卒業後、音楽および舞台全般に関わる雑誌編集等を経て、早稲田大学大学院文学研究科に進学。二〇一九年に博士号（文学）を取得。

装幀——宗利淳一

J・M・クッツェー　命をめぐる思索

――『夷狄を待ちながら』から『恥辱』へ

二〇二五年二月一〇日第一版第一刷印刷　二〇二五年二月二八日第一版第一刷発行

著者――川村由美

発行者――鈴木宏
発行所――株式会社水声社
東京都文京区小石川二―七―五　郵便番号一一二―〇〇〇二
電話〇三―三八一八―六〇四〇　ＦＡＸ〇三―三八一八―二四三七
［**編集部**］横浜市港北区新吉田東一―七七―一七　郵便番号二二三―〇〇五八
電話〇四五―七一七―五三五六　ＦＡＸ〇四五―七一七―五三五七
郵便振替〇〇一八〇―四―六五四一〇〇
URL : http://www.suiseisha.net
印刷・製本――モリモト印刷

ISBN978-4-8010-0767-3
乱丁・落丁本はお取り替えいたします。

Disgrace © J. M. Coetzee, 1999 / *Doubling the Point* © 1992 by the President and Fellows of the Harvard College / *Dusklands* © J. M. Coetzee, 1974, 1982 / *Elizabeth Costello* © J. M. Coetzee, 2003 / *Giving Offense* © 1996 by The University of Chicago / *Here and Now* © 2012 by J. M. Coetzee / *Scenes from Provinicial Life* © J. M. Coetzee, 2011 / *Stranger Shores* © J. M. Coetzee, 2001 / *Waiting for the Barbarians* © J. M. Coetzee, 1980 / Notebooks, drafts and printouts: Harry Ransom Archives 1977-1998. Arranged by Peter Lampack Agency, Inc. through Tuttle-Mori Agency, Inc., Tokyo.